En la cama con el diablo
Cathryn de Bourgh
Nota de la autora:

LA PRESENTE ES UNA obra de ficción del género romance erótico victoriano, es la historia de una venganza y también de dos seres separados en el pasado que vuelven a reunirse.

Al tratarse de una novela erótica tiene pasajes de situaciones sexuales explícitas, cuidadas pero detalladas que podrían incomodar a quienes no gustan de este género.

Todos los personajes son ficticios y no guardan semejanza con ningún hecho ni persona real.

INDICE TABLA DE CONTENIDO

CAPÍTULO PRIMERO

TODO ESTABA LISTO PARA su boda, excepto ella.

Sophie se miró en el espejo con gesto de tristeza y desesperación.

Sabía que no podría escapar, pero la carta de George la había dejado en ese estado.

Debían huir a Gretna Green y casarse en secreto, era lo que se estilaba entonces y ella no deseaba otra cosa.

Porque a tan tierna edad los sentimientos eran vehementes y eternos y ella creía amar a George y su principal dolor era no estar junto a él porque su familia se oponía.

Sophie Bradley había tenido algunos pretendientes, y con varios había "tonteado" pero cuando George le propuso matrimonio al cumplir los diecisiete años sus padres pusieron el grito en el cielo.

Ese joven no era rico y no tenía posición alguna, demasiado joven y también demasiado inexperto. Sólo heredaría una propiedad al norte de un tío loco y cambiante.

Era muy poco para su hermosa hija y desecharon el asunto como un disparate. Le prohibieron ver a su pelirrojo enamorado y Sophie se desesperó.

Luego apareció ese joven frío y altanero, un distinguido lord para invitarla a bailar: sir Thomas Windsbrough y sin darse cuenta (o por insistencia de su madre) se habían prometido.

Todo estaba listo para la boda con sir Thomas y ella temblaba. Sabía que era una locura hacerlo, pero no tenía escapatoria. Huiría con George con su vestido de novia.

Aprovechando un descuido fue a los jardines y corrió sin que nadie la viera.

Su amado George la esperaba. Alto, guapo, pelirrojo y con una sonrisa radiante, era un príncipe a sus ojos, y eran tan perversos sus padres al querer separarles...

—Ven pronto Sophie, tomaremos el tren de las diez rumbo a Escocia—le dijo y la miró deslumbrado al verla vestida de novia.

Sus ojos azules y el rostro pecoso le daban un aspecto conmovedor de chicuelo travieso y junto a su novia rubia y de grandes ojos verdes parecían dos jovencitos planeando una diablura. Nadie habría imaginado que eran dos enamorados planeando casarse.

En la mansión campestre de la familia Bradley: Garland Manor, lady Catherine llamaba a su hija desesperada, ¿dónde se había metido su Sophie? No podía hacer visitas el día de su boda... ¡Qué niña tan descuidada!

A la dama gruesa que se agitaba con facilidad le llevó algún tiempo darse cuenta de que su hija se había fugado con su enamorado horas antes de su boda con el conde de Windsbrough tras dejarle una carta ridícula.

"Madre, huiré con George MacEachen, nos casaremos en Gretna Green. No puedo casarme con sir Windsbrough, no lo amo para nada ni él me ama un poco, sólo me prometí a él para complacerte, pero sé que nunca seré feliz con él... Perdóname por favor."

Cuando el padre de la joven, el imponente sir Bradley leyó la carta palideció y del disgusto tuvo un ataque y debió permanecer acostado el resto del día por consejo del doctor que lo atendió.

Lady Catherine estaba desesperada atendiendo a su esposo, y demasiado atareada para buscar a su hija así que decidió avisar a sus yernos Albert y Rupert, casados con sus hijas mayores Theresa y Anne Mary.

Debían traerla de regreso cuanto antes.

No llegaron a tiempo por supuesto, no sabían dónde diablos buscar y dieron vueltas ese día nefasto sin ningún resultado.

Lady Catherine sollozó y optó por desmayarse, no podía hacer otra cosa. Que su familia avisara al desdichado novio abandonado... Ella era incapaz de dar un sólo paso.

Siempre supo que esa niña le daría trabajo, nunca había sido sensata y ese joven escocés la había vuelto más rebelde pero jamás imaginó que sería capaz de cometer una locura como esa. ¡Y el mismo día de su boda! Sin tiempo para avisar a nadie ni poder hacer nada más que desear que la tierra se la tragara en esos momentos.

—Tranquila madre, por favor, Sophie regresará—dijo su hija Theresa.

—Mi esposo la encontrará, ya verás—dijo su otra hija Anne Mary.

—Oh, no pudo ser tan desconsiderada. Se volvió loca, huir así con un muchacho sin futuro.

SIR THOMAS WINDSBROUGH, el pretendiente abandonado recibió la noticia con una calma fría.

—La buscamos sir Windsbrough, pero no pudimos encontrarla, huyó a Escocia—dijo Robert Holmes, casado con la hermana de su prometida.

No podía ser, era una pesadilla, el día de su boda... Su novia había huido de él como si lo odiara, pero ¿por qué? Escocia... ¿Qué demonios haría en ese país?

Pidió explicaciones, no se quedaría sin saber lo ocurrido, ¡demonios!

Rupert debió confesarle que había huido con un festejante y que pensaba casarse en Gretna Green porque sus padres se habían opuesto a la relación hacía tiempo.

El caballero tomó su caballo y pidió a sus amigos que lo acompañaran, encontraría a esa chiquilla insensata y la traería de regreso a su boda. No le haría esa humillación, maldición, no lo permitiría.

Pero los astutos enamorados siguieron un atajo y llegaron a tomar el tren rumbo a la aventura más romántica de sus vidas sin que nadie pudiera impedirlos.

Sophie sentía que volaba, era libre, no debería casarse con ese joven frío que ni siquiera la había besado ni una vez y que le daba un poco de miedo. Le llevaba ocho años, era un hombre y ella una chiquilla inmadura e insensata, pero eso claro está, nunca lo reconocería.

George sonreía feliz ansiando que llegara la noche de bodas para hacer lo que tanto deseaba. Sólo la había besado unas veces, pero esos besos lo habían transportado...

Llegaron a Gretna Green donde sus tíos y primos aguardaban, serían testigos de la boda.

Sophie notó que el paisaje cambiaba y el frío era intenso a pesar de estar en primavera.

Se casaron casi enseguida y él le colocó un anillo en su mano. Oh, no podía existir tanta felicidad...

Pasaron el día en el Cottage de los tíos de George a varias millas de Gretna Green, un lugar bonito donde vivirían los novios fugitivos hasta que George heredara.

Hubo un banquete y una fiesta muy divertida, y Sophie bailó hasta cansarse.

Llegó la noche y se sintió intranquila.

Ninguna doncella la ayudó a quitarse el vestido ni a peinarla, la servidumbre en esa casa de campo era muy escasa.

Observó la habitación con muebles antiguos y al ver la cama se estremeció.

Amaba a George, pero no tenía mucha idea de lo que harían esa noche, sólo que... Algo le había dicho al respecto su amiga Meg; recientemente casada, que la había espantado. Algo con respecto a la anatomía masculina y de lo que hacían los esposos.

Estaba asustada y cuando su marido apareció tembló aún más.

—Sophie—dijo su enamorado escocés sonriendo.

Ella lo miró y él se acercó despacio y cuando quiso besarla la joven permaneció tiesa.

—No temas... Todo estará bien—le dijo al oído y siguió besándola.

Solían gustarle sus besos, pero en esa ocasión estaba nerviosa que no podía disfrutarlos y cuando comprendió sus intenciones se asustó tanto que el novio desistió de intentar algo esa noche. Debía darle tiempo, estaba muy nerviosa esa noche.

El paciente enamorado volvió a acercarse a su esposa días después y por primera vez estaba totalmente desnuda en sus brazos y notó que su miembro era una vara firme que apuntaba con firmeza a su pubis de forma amenazante.

—Sophie, si quieres me detendré—dijo él muy considerado.

Su esposa no había hecho más que rechazarle todas las noches y casi estaba listo para que lo hiciera en esa ocasión, sin embargo, no lo hizo.

Temía lastimarla, era pequeña y estrecha, casi como una chiquilla. Pero la deseaba, oh, estaba loco por su princesa inglesa de cabellos dorados y mirada tierna y lentamente comenzó a abrirse camino con mucha delicadeza y concentración.

Sophie no lo dejó continuar mucho más: el dolor era insoportable y lo apartó furiosa, no le metería esa cosa, nunca más... no lo haría. Oh, era tan espantoso.

Su novia lloraba y decía que quería regresar a su casa, que no estaba lista para casarse y que habían cometido un error.

George pensó que era un berrinche, pero luego comprendió que hablaba en serio. Sophie no quería consumar su matrimonio ni quería que volviera a tocarla.

No podía ser.

—¿Es que ya no me amas, Sophie? —le preguntó él.

Ella se echó a llorar sin responderle. Lo quería por supuesto, le gustaba George, pero no estaba preparada para compartir la intimidad con él. Su sexo era muy pequeño para que pudiera entrar esa cosa larga y ancha llamada miembro viril.

Pero eso jamás lo diría por pudor, así que inventó que extrañaba su hogar y deseaba regresar y días después le dijo:

—Extraño mi casa George, este lugar es muy frío.

El joven estaba desesperado, no quería dejarla ir, era su esposa y el matrimonio no podía deshacerse.

Sus tíos notaron que algo andaba mal con esa jovencita pues siempre tenía los ojos hinchados y dijeron que era muy joven y no se adaptaría al rudo invierno escocés.

Un día George habló con su tío Ian y le confesó la verdad.

—Mi esposa no quiere que la toque, la última vez... Le dolía mucho... Es que (estaba algo avergonzado de admitirlo) tiene muy pequeña su...

El escocés debió sofocar una sonrisa.

—Comprendo hijo, es normal, siempre es así, luego...

Debía quitarle la estrechez con su miembro y ser paciente, eso fue lo que le dijo su tío.

—Pero ella no me deja, la última vez gritó de dolor y ni siquiera pude...

—Bueno, debes tener paciencia, ir muy despacio. En la cena que beba una copa de vino, eso ayudará.

George estaba desesperado, si no lo hacía ella regresaría a su casa y anularía su matrimonio, no quería que eso ocurriera.

Sophie sin embargo estaba arrepentida de haberse fugado con ese joven, dos semanas en Escocia y extrañaba las comodidades de su hogar, a su madre y a sus amigas. ¿Qué tontería había hecho?

Quería a George, pero sus sentimientos habían cambiado. Todo había sido un idilio nacido en verano, hacía meses y luego la oposición de su familia y ese compromiso forzado habían provocado su fuga.

Ahora comprendía la locura que había hecho, había dejado plantado a sir Thomas, un caballero respetuoso y muy rico, para vivir sin doncella, en una casa de campo rústica donde las mujeres cocinaban, fregaban y no hacían más que parir hijos todo el tiempo. La tía de George: Megan, esposa de Ian, tenía ocho niños todos pequeños y esperaba el siguiente.

Y ella sólo sabía zurcir, bordar y tocar el piano, nunca había fregado un piso ni cocinado nada... Sólo se acercaba a las cocinas cuando sabía que harían dulce de higo en conserva.

Su desengaño no podía ser más evidente.

Eran gente laboriosa y sencilla, no podía acusarles de no ser amables con ella, al contrario, pero... No se sentía cómoda en esa casa y sólo soñaba con regresar a la suya.

Y esa noche en su habitación habló con George al respecto.

—Debo regresar, mi madre estará preocupada—dijo.

Una rara somnolencia la asaltó y cuando se encontró desnuda atrapada entre sus brazos lo apartó escandalizada. Oh, no metería su cosa en ella, su matrimonio debía ser anulado, había sido una idea pésima y si ocurría sabía que no podría escapar.

—Sophie, ¿es que ya no me amas? —le reprochó mirándola con cara de cachorro abandonado. Parecía a punto de llorar y ella también, confundida con la situación.

En esos momentos su enamorado escocés era pura hormona, loco de deseo, pero su rechazo minó su entusiasmo y la vara mediana que lucía en su pelvis perdió vigor desapareciendo misteriosamente bajo su camisa y el joven se alejó triste y avergonzado sin haber podido cumplir su cometido.

De poco le sirvieron los consejos de su tío Ian de que debía esperar, esa joven no quería ser su esposa, sólo quería regresar a su casa.

La fuga romántica y la boda apresurada había sido un error que siempre lamentaría.

Pero era un escocés y debía remediarlo con dignidad.

No volvería a suplicarle ni a llorarle.

Al día siguiente su tío lo acompañó a Gretna Green y con tristeza solicitó la anulación de la boda por no consumación.

Sophie podría regresar a su casa y esa noticia en vez de entristecerla la alegró.

Se marchó de Escocia sintiendo un alivio inmenso, sin mirar atrás ansiando regresar a su casa como si nada hubiera pasado.

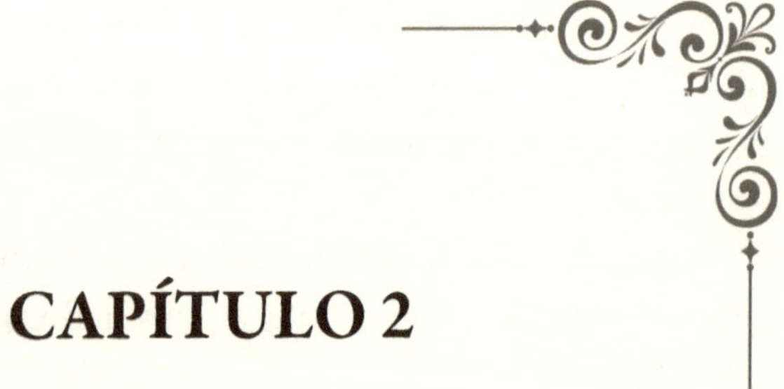

CAPÍTULO 2

PERO SU FAMILIA NO la recibió como esperaba. Su padre estaba furioso y su madre ni siquiera fue a recibirla, ni su hermana Mary.

Sophie esperó con sus maletas como si fuera una visita indeseable en el comedor. Hasta los sirvientes se alejaban de ella.

Tuvo la sensación de que pasaban mil años hasta que apareció su padre y la miró sin ocultar su disgusto.

—Así que ha regresado, señorita Bradley. Luego de llenarnos de horror y vergüenza, tiene usted el descaro de aparecerse por aquí.

—Perdón señor Bradley, yo lo lamento mucho, nunca debí hacerlo.

Su padre no respondió y ella le habló de su boda y su siguiente anulación, pero eso no lo convenció demasiado ni obró a su favor.

—Su hermana va a casarse pronto señorita Bradley y lo sabe, no puede usted quedarse aquí, ha deshonrado por completo su buen nombre y el de toda nuestra familia. Todos comentan su fuga y los rumores no cesarán porque usted haya anulado su matrimonio. No puede quedarse aquí, debió quedarse con su esposo y pasar estrecheces por su insensatez. Abandonar a su marido no la reivindica a mis ojos, sólo es una prueba más de que no tiene usted ningún juicio. Perdió la oportunidad de un matrimonio brillante y no podrá recuperarla, ningún joven decente se acercará a usted ahora.

—Padre por favor, no puedo regresar a Escocia—dijo con un hilo de voz.

El caballero lo meditó con calma, oveja negra y todo era su hija, no la echaría a la calle, pero debía enmendarse. Al parecer había sido débil al criarla y su esposa siempre la había consentido contra su voluntad. He allí el resultado.

—Se quedará aquí hasta que encontremos un lugar apropiado—dijo al fin.

¿Lugar apropiado? ¿Qué significaba eso, acaso un hospicio para ovejas descarriadas? La joven se estremeció.

—Ahora permanecerás en tu cuarto sin ver a nadie hasta el día de su partida señorita Bradley. ¿No esperará usted que la recibamos en la casa como si nada después del momento horrible que nos hizo pasar?

Sophie no fue a su antigua habitación, sino a una de huéspedes. Una doncella la ayudó con su equipaje y le trajo agua fresca y agua caliente para darse un baño en la tina.

Ella se tendió en la cama luego de devorar la bandeja que le habían llevado y se sintió desdichada por todo lo que había hecho. Primero abandonó a su prometido, luego se casó con George y se negó a sus brazos. Anuló su matrimonio comprendiendo que había sido un error, pero al regresar a su casa nadie parecía dispuesto a perdonarla. Oh, no podía ser más desdichada, ni recibir peor castigo que ese.

Sin poder evitarlo lloró y se lamentó deseando que la tierra la tragara en esos momentos.

Días después abandonó el señorío de Garland Manor para irse a vivir al Cottage de su tía en Norfolk, donde sus padres esperaban que pudiera enmendar su carácter caprichoso y egoísta y llevara una vida tranquila, sin dar disgustos a nadie.

Tía Euphemia la recibió cordial como si nada hubiera pasado. Era la hermana mayor de su padre, una solterona muy respetable y de carácter agrio, o así siempre la había descrito su madre. Sophie pensó que su estadía acompañando a la anciana (que estaba algo chocha le advirtieron) sería su peor castigo. Pues no había ido como sobrina a quedarse unas vacaciones y disfrutar de las diversiones de la temporada sino a hacerle compañía.

Afortunadamente tía Euphemia no estaba chocha, ni era una solterona amargada, sólo que tenía la casa llena de gatos y de sirvientes que sí estaban chochos y eso causaba algunos inconvenientes. Pero ella solía dar paseos por los jardines a media mañana o cuando su tía dormía la siesta. Y eso de por sí la reconfortaba.

El Cottage era bonito sin ser lujoso y siempre recibían visitas. Gente nada importante, el vicario y su esposa, la señora Mary que era otra solterona respetable del condado, las hermanas Sullivan menores que su tía que traían todo el cotilleo del pueblo.

Sophie se adaptó a la vida en Norfolk y aunque extrañó Garland, sabía que nunca regresaría, que cuidaría a su tía y luego...

No tenía en mente casarse, no después de una experiencia tan desastrosa y se negaba a pensar en el futuro.

Su madre le escribió meses después contándole de la boda de su hermana Mary (a la que no fue invitada por supuesto) del nacimiento del tercer hijo de Theresa su hermana mayor y otras novedades familiares, enviándole saludos a su cuñada.

No mencionó que pudiera regresar y luego de un tiempo comprendió que nunca querrían tenerla de nuevo en Garland. Era como si hubiera muerto para ellos y su vida fuera cuidar a su tía solterona.

Cumplió veinte años y hubo un caballero que se interesó en ella con fines románticos.

Sophie no había reparado en él, era el hijo de un lord de provincia, ni muy rico ni tampoco arrebatadoramente guapo, pero de modales encantadores y naturaleza agradable.

Su tía estaba muy entusiasmada con el joven y dijo que debía alentarle, pero ella no quería saber nada del asunto y lentamente el caballero se alejó al sentirse ignorado.

El invierno siguiente llegó una carta de su madre, estaba desesperada, su padre estaba muy grave y pedía verla. Debía ir de inmediato a Garland.

Sophie tuvo una extraña mezcla de sentimientos, la angustió saber que su padre estaba enfermo, pero por otra parte todos esos años nadie la había pedido que fuera por lo tanto ¿por qué ir con prisas? No deseaba hacerlo.

Su padre la había encerrado diez días en su habitación sin dejar que nadie la viera y la había enviado a New Forest para que "se reformara". Y ahora...

—Tía Euphemia, mi padre está enfermo y quiere que vaya—le dijo a su tía que miraba la carta con curiosidad a distancia.

Ella se horrorizó.

—Oh, mi pobre hermano. Sophie, no te preocupes por mí, estoy perfectamente, ve a verle.

Sophie hizo sus maletas ese día y partió a la mañana siguiente.

Pero al llegar su padre había muerto y sólo pudo asistir a su funeral y desfilar con el séquito de sus parientes que la miraban con rabia, como si no tuviera derecho a estar allí. Su madre sufrió una crisis nerviosa y no pudo asistir al entierro.

Sophie se quedó para cuidarla y sus hermanas creyeron que su presencia en Garland sería necesaria pues ninguna de ellas podía quedarse a cuidar a su madre para siempre, tenían maridos y una familia en otra casa.

Su hermana Theresa fue quien le habló.

—Puedes quedarte Sophie, escríbele a tía Euphemia, ella entenderá. Debes cuidar de mamá.

Y Sophie obedeció y pudo ocupar su antigua habitación y tener una doncella. Sólo que los vestidos antiguos no le servían. Sus senos habían crecido y sus caderas también. No sabía en qué momento, pero al verse desnuda frente a un espejo descubrió que tenía un cuerpo sensual y atractivo. Debió ser luego de la boda, cuando su marido la acarició y quiso penetrarla y le causó tanto dolor.

De pronto sonrió con ironía. Había notado las miradas atentas a su figura durante la pasada liturgia. El mismo reverendo William la había mirado. Ella tocó sus senos y suspiró... Y su mano se detuvo en su pubis rubio y pequeño sorprendida. Había crecido. Estaba segura y había dejado ser ridículamente pequeña como cuando se fugó con George. Tal vez ahora podría dejar que un caballero hundiera su vara en ella como lo intentó su esposo hacía tiempo. Sin saber por qué ese pensamiento la excitó.

Había dejado de ser una niña atolondrada y caprichosa, había cambiado y en unos años podría casarse...

Meses después su madre; recuperada casi por completo de la muerte de su padre, le habló favorablemente del reverendo William.

—Está interesado en ti querida, tal vez... Heredó tierras y la vicaría y aunque no es tan importante como un distinguido lord...—dijo.

La mención de ese joven la hizo ruborizar, sabía que estaba interesado en ella y sólo esperaba una oportunidad para hablarle.

—Madre, ¿sabes si Thomas Windsbrough se casó? —preguntó de pronto.

La mención de su antiguo pretendiente dejó algo incómoda a la señora Catherine.

—No, no se ha casado. Creo que nunca pudo superar tu abandono, ¿sabes? Y por más que conoció jovencitas casaderas... No le prestó atención a ninguna, al menos que yo sepa.

Thomas Windsbrough, el hombre que debió ser su esposo. Había creído que se había casado y había continuado con su vida como si nada, pero no había sido así. Se preguntó si le guardaría rencor por haberle abandonado, luego olvidó ese asunto al recibir la visita de su amiga Margaret. En su compañía se sintió feliz de haber regresado.

Una mañana, sin embargo, tiempo después de su regreso y cuando salía de la rectoría lo vio: a Thomas, su antiguo prometido.

Estaba en su carruaje y su mirada estaba clavada en ella con un odio tan intenso que Sophie se estremeció. Apuró el paso y se acercó a su madre como si buscara su protección.

No fue el único encuentro. Era como si su pasado quisiera castigarla de forma constante y ese hombre se lo recordara. Nunca hubo un saludo, sino miradas malignas, desaprobadoras. Thomas nunca la había perdonado. A pesar del tiempo transcurrido, él parecía aferrado a ese triste episodio.

Nunca comprendería cuánto había lamentado su decisión y esos días fue como si le viera por primera vez. Un joven alto, moreno y de constitución militar, la mirada azul oscura intensa, viril. Y notó que no dejaba de recorrer su cuerpo con deseo y un odio feroz.

Sophie se estremecía cada vez que se encontraban y su tonta madre hacía planes casamenteros.

—Querida, ese joven no te ha olvidado—dijo en una ocasión durante el desayuno.

Ella sabía que hablaba de sir Thomas Windsbrough. Ningún otro pretendiente antiguo se había acercado, todos se habían casado excepto el conde.

—Me odia madre—respondió Sophie con la mirada baja.

—¡OH, no, qué tonterías dices! Claro que no te odia. No existe el odio en el amor, querida, es sólo una máscara... Si fueras amable con él en vez de huir como del diablo cada vez que aparecer tal vez...

Sophie miró espantada a su madre, pero esta sostuvo su mirada con tranquilidad.

—Bueno, quien sabe. Tal vez quiera casarse contigo un día. No se ha casado y dijeron que tu huida fue muy dolorosa para él ¿sabes?

—Madre por favor, jamás se casará conmigo, me detesta ahora y no puedo entender... Ha pasado tanto tiempo, debió olvidarme y buscarse una esposa.

—Pero no lo hizo querida, está soltero y sigue siendo un soltero codiciado. El año pasado hubo un rumor de que estaba interesado en una señorita, pero... No prosperó el asunto. Y ahora me alegro. Ese joven sigue pensando en ti Sophie, estaba tan enamorado...

—¿Enamorado? Nunca estuvo enamorado de mí—se quejó ella.

—Oh, sí que lo estaba.

—No es verdad.

Su madre la miró exasperada.

—Ahora entiendo por qué te fugaste con ese joven Sophie, no sólo eras tonta sino además ciega, incapaz de ver que ese distinguido lord te adoraba. Y que pudiendo escoger bellas y ricas herederas te cortejó a ti. Quedó prendado de ti nada más conocerte. Oh, querida, nunca había visto joven más enamorado y cuando ocurrió la tragedia... Creo que tuvo ganas de llorar, pero como los hombres no lloran, se enfureció y fue el mismo a buscarte.

Sophie contuvo el aliento. Nunca había hablado de su madre de ese asunto, ignoraba por completo qué había ocurrido después. Sus cartas jamás mencionaban el incidente "funesto".

—¿Me buscó? —preguntó con cautela.

—Sí, lo hizo y se enojó mucho con nosotros por no haberte cuidado y por no decirle que tenías un enamorado secreto que te escribía cartas. Creo que desde entonces nos ha odiado querida. Él quería que fueras su esposa, soñaba con eso porque te amaba, Sophie.

—Bueno, eso ya no podrá ser madre. Es el pasado—dijo ella sombría.

—Pues yo creo que aún hay esperanzas. Si le pidieras perdón Sophie y te mostraras más amigable en vez de huir de ese joven como si fuera un demonio.

—Oh, no madre ni lo sueñes.

Su madre elevó los ojos al cielo.

—Sí, me lo imaginaba, nunca fuiste sensata, hija. Ahora sólo espero que no desperdicies tu juventud rechazando pretendientes. Necesitas un marido Sophie, tu padre murió y nuestra fortuna menguó, lo sabes.

Y luego continuó:

—Hija por favor, sé sensata, aún eres joven y bonita, y tienes al reverendo interesado en ti y a ese antiguo pretendiente. Te ruego que lo pienses. Tal vez el conde aún te ama y sólo esté enojado, pero luego... Se le pasará si conversas con él.

—No puedo hacerlo madre, no deja de mirarme con odio como si quisiera matarme. Jamás me acercaré a él para humillarme pidiéndole perdón.

—Oh, no hables así Sophie, ¿qué importa el orgullo? Tendrás un premio mucho mayor, serás la esposa de un conde y vivirás en una de las mansiones más formidables del condado: Manfred Place. —lady Catherine creía que el asunto era muy sencillo, cuando ese hombre no hacía más que mirarla con odio y rehuir su saludo.

EL REVERENDO WILLIAM Parker era un joven agradable y bondadoso y tenía treinta años. Estaba desesperado por una esposa y todos sabían que en otros tiempos había estado un poco enamorado de Sophie. Debía ser uno de sus pretendientes más fieles amorosos y comprensivos, y tal vez el único que no la juzgara por su locura de juventud.

Sus sermones eran muy edificantes y en ellos hablaba del perdón y la reconciliación y la necesidad de vivir en paz sin esas sombras del pasado.

Sophie lo escuchó conmovida y luego quiso felicitarle.

Los ojos castaños del reverendo brillaron de entusiasmo mientras lady Catherine aceptaba el asunto con resignación. Bueno, no era tan importante como un caballero, pero viviría en una preciosa vicaría y sería la señora de un vicario muy querido en el condado.

Nada más lejos de los planes de la joven.

Y al sentir que había una intimidad con el vicario y que este no tardaría en pedirle matrimonio se alejó lentamente.

Su madre se había alejado (tal vez lo había hecho a propósito para dejarlos a solas) y los feligreses se habían retirado a sus casas, la niebla comenzaba a cubrirlo todo y hacía mucho frío.

—Señorita Bradley—dijo una voz.

Ella se detuvo sorprendida y vio a su pretendiente olvidado, esa sombra del pasado de la que había hablado el reverendo.

Sophie palideció y murmuró un saludo. Sir Thomas Windsbrough en cambio fue más espontáneo y le hizo una reverencia acercándose a la joven que lo observaba, trémula.

—¿Se ha quedado sola? La niebla lo cubrirá todo, déjeme llevarla a su casa—dijo gentil, pero en sus ojos estaba esa mirada rencorosa que tanto la asustaba.

—Oh, es usted muy gentil sir Thomas, pero no será necesario. Caminaré, me hará bien una caminata—respondió ella y se escabulló, corrió rumbo a su casa con el corazón palpitante.

Jamás habría subido al carruaje con ese hombre, su miedo por él crecía y de pronto intuyó que planeaba hacerle daño.

Sir Thomas vio correr a la joven y sonrió. Llegaría un día que no podría escapar tan fácilmente de él ni de la venganza que planeaba.

SOPHIE ESTABA ASUSTADA.

Había notado que alguien la seguía cada vez que salía de su casa. Nunca salía sola por supuesto, excepto cuando iba a casa de su amiga Meg, pero empezó a espaciar sus visitas.

Era como si intuyera que algo malo iba a sucederle y sabía que tenía que ver con ese caballero a quien había abandonado para huir con George.

Y en medio de su angustia su madre invitó al reverendo a almorzar y no dejó de decirle qué ventajosa sería una boda con el reverendo.

—Si tan sólo fueras más amable con él querida…—le advirtió antes de la cena.

—Oh, madre no sé si sea buena idea—dijo.

Su madre perdió la paciencia.

—Deja de buscar peros hija, acepta al reverendo o te quedarás para vestir santos. La juventud pasará y luego, no tendrás a ningún caballero ansioso de casarse contigo. Eres joven y bonita, y tu boda fue anulada. Es como si no te hubieras casado.

Sophie tragó saliva, en ocasiones pensaba en George, ¿cómo habría sido su vida luego de esa experiencia tan funesta? Porque él sí estaba triste por su partida, su abandono. Y había intentado consumar su matrimonio y atraparla con su daga...

Se ruborizó al recordar las veces que se le acercó e intentó convertirla en su esposa. Era tan joven y atolondrada. No estaba preparada entonces pero ahora... Tal vez el reverendo fuera una buena idea.

—Madre, él no me ha hecho ninguna insinuación todavía. —dijo al fin.

Sin embargo, ese hombre bueno y comprensivo la estaba conquistando lentamente y cuando días después le habló de sus sentimientos tomando sus manos se sintió muy mal al tener que rechazarle diciéndole que necesitaba tiempo porque estaba confundida.

El reverendo en vez de ofenderse lo entendió y hasta tuvo cierta esperanza al respecto, pensando que si insistía esa encantadora dama lo aceptaría. Tanto tiempo la había amado en silencio y luego de su fuga romántica, fue el único que la defendió en vez de criticarla sin piedad. Y ahora que había regresado sabía que todos se referían a ella como la oveja negra de Hampshire.

Sophie se quedó pensando en la proposición del reverendo. Necesitaba un esposo, si algo le ocurría a su madre quedaría sola, sus hermanas se habían casado y nunca le habían perdonado su fuga alocada de juventud. A pesar de haber hecho muy buenos matrimonios, le guardaban rencor y sabía que si su madre moría no tendría a nadie.

Sus tíos y primos tampoco sentían afecto por esa joven descarriada.

Debía casarse, y ese joven la amaba, con un amor apasionado pero tranquilo, tenía un temperamento amable y con el tiempo podría llegar a quererle. Y ya no temería entregarse a él ni temía que fuera doloroso.

Solían conversar animadamente y reconocía en el joven un hombre íntegro, cortés y agradable, era muy querido en el condado. Su padre había sido reverendo y todos lo recordaban con afecto y gratitud.

Debía aceptarle, o terminaría casándose con un hombre común, o con un lord frío y cruel. O tal vez terminaría como respetable señorita, de dama de compañía de una anciana de mal carácter.

Sin embargo, no lo hizo, por una razón incomprensible decidió demorar el asunto.

Y un día de frío y lluvia el mayordomo le avisó que tenía una carta.

Creyó que sería de su amiga Meg, era la única que le escribía, pero se equivocaba. No era Meg, era una carta anónima y maligna que decía:

"Ha llegado una carta a mis manos de su hermana Theresa dirigida a un joven oficial llamado Wallace. La misiva es simplemente sentimental y romántica y muy reciente. Me pregunto qué pensaría su cuñado si esta carta llegara a sus manos.

Bueno, al parecer en su familia escasean las mujeres sensatas, señorita Bradley."

No decía más que eso.

Theresa, Wallace... Había estado ausente tanto tiempo que desconocía por completo ese desliz de su hermana. ¿Sería capaz de traicionar a su marido con un oficial? ¿Existía alguien tan tonta, más tonta que ella en esa familia?

Le habría gustado preguntarle a su madre, pero sabía que eso era imposible. Entonces...

¿Sería una broma? ¿Quién le escribiría esa carta y por qué?

No podía ser alguien cercano a su hermana, ni al oficial.

Contempló la carta y decidió interrogar al mayordomo.

—¿Sabe usted quién envió esta carta Adams?

El hombre tosió nervioso.

—No lo sé lady Sophie, aguarde iré a averiguar.

Nadie sabía con certeza si fue un mensajero quien la trajo o el sirviente de algún caballero. La carta llegó a su casa y a sus manos, por desgracia. Habría preferido no recibirla.

Alguien deseaba hacerle daño a su hermana y esperaría tener algún beneficio con el chantaje. ¿Algún oficial pobre?

Mejor sería deshacerse de esa carta rápidamente y lo hizo.

¿Se trataría de una broma funesta?

No lo era.

Recibió dos anónimos la semana entrante, mucho más amenazantes que el anterior, citándola para Greenston Park Abey, una abadía abandonada.

Debía ir sola y no mencionar a nadie a dónde iba. Eso decía el último anónimo.

No decía que llevara joyas o dinero, sólo que fuera sola sin criados ni sirvientes.

¿Esperaba ese sucio chantajista que fuera tan tonta de acudir a ese lugar abandonado sin sirvientes?

Ese asunto le dio mala espina. No tenía con quien conversar al respecto. Su hermana Theresa vivía lejos y no solían verse. Su amiga Meg... No podía mencionar ese desliz, temía que fuera verdad y además...

Tenía miedo. Intuía la maldad a través de esas líneas, y el ansia de hacerles daño a su familia y a ella.

Cuando llegó el día de la cita decidió hablar con el reverendo William.

Era un joven discreto y podía aconsejarle.

Oh, tal vez debería aceptarle y casarse con él, estaría a salvo de la locura y la maldad de ese mundo.

William la recibió con una cálida sonrisa y ella habría deseado refugiarse en sus brazos.

—Siéntate Sophie, por favor. ¿Te sientes bien?

La notó pálida y con las pupilas dilatadas, obedeció y de pronto comenzó a llorar sin poder contenerse.

Y entre balbuceos le habló de las cartas y le enseñó la última.

El caballero no tomó el asunto como broma y se dijo que era muy grave el chantaje.

No pedía dinero, sólo quería a la bella dama, y verla en un sitio deshabitado no era correcto, sino que hablaba de "intenciones aviesas y condenables en un caballero".

—Me alegro de que viniera señorita Bradley, esto es muy grave. Estos anónimos son malignos y muy peligrosos. No debe usted ceder a ese chantaje ni asistir a esa cita. Porque temo que se trate de una cita con fines deshonestos.

—¿Y qué voy a hacer? Temo que la carta que tiene ese caballero ser verdadera, verá reverendo, mi hermana nunca fue muy sensata y en el pasado se había enamorado de un oficial. Sospecho que tal vez sea verdad.

—Tranquilícese por favor lady Sophie, ¿usted sospecha de alguien que odie tanto a su hermana o a su familia?

Ella meditó en silencio mientras secaba sus lágrimas.

—No lo sé, mi padre tenía deudas no enemigas y luego de su muerte... Pero no creo que sea para hacerle daño a mi hermana, sólo querrá tener dinero supongo.

—El dinero no se menciona en ningún momento, ni dinero ni joyas, ¿no le parece algo extraño?

Ella lo miró aturdida.

—No comprendo reverendo Parker...

—Sospecho que quien escribió estas cartas es un hombre y lo que busca es aprovecharse de usted señorita Sophie con este chantaje.

La idea le pareció alarmante, no podía ser... ¿Quién haría algo así?

—Tiene usted muchos pretendientes me temo y...

—En el pasado reverendo, ahora no es así... Sabe usted que todos me creen la oveja negra de la familia.

—No lo es señorita, es una joven que ha sufrido y que ha pagado muy caro por un error de juventud. Nadie debería juzgarla a usted.

Sophie volvió a llorar.

—Tengo miedo reverendo, a veces he sentido que me siguen, que me miran con odio... Estoy tan asustada que temo regresar a mi casa ahora.

—No tema, yo la acompañaré.

De pronto se acercó al joven y lo abrazó y buscó en sus brazos un refugio cálido y seguro. Estaba muy asustada, temía a lo desconocido y a algo que no podía explicar.

Él la miró con intensidad y pensó que iba a besarla, pero no lo hizo. Era un caballero, jamás habría aprovechado el momento para propasarse, ni siquiera un beso.

Pero ella pensaba diferente y en un arrebato le dijo que sería su esposa.

Necesitaba un hombre que la cuidara, un compañero y amigo, tener un hogar y niños y sabría que William sería el indicado. Era un hombre tan bueno.

Entonces sí la besó, como si no hubiera podido contenerse y fue un beso tan dulce y romántico, tan suave.

—Lady Sophie, la amo tanto y me ha hecho tan feliz...—dijo y sintió como luchaba contra el deseo de volver a besarla.

—Debemos fijar fecha señorita Bradley, pero primero hablaré con su madre esta misma tarde si le parece.

Ella aceptó sintiéndose feliz en tiempo, en compañía de ese hombre sabiendo que sería un esposo bueno y no la desilusionaría como George. Estaba segura de ello.

William era especial, tranquilo, y estaba empezando a quererle o a necesitarle, pero no era un amor romántico, era un afecto tranquilo, racional...

—Iré con usted señorita Bradley, aguarde un momento por favor.

En su compañía se sintió reconfortada y serena, tal vez se había precipitado a aceptarle, pero quiso hacerlo.

Llegaron juntos a Garland Manor.

Lady Catherine aguardaba impaciente, nerviosa con la tardanza de su hija.

Pero al verla llegar con el reverendo William volvió a respirar.

—¡Oh, reverendo qué agradable sorpresa! Mi hija olvidó avisar a dónde iría.

Cuando supo los planes de Sophie estalló de alegría. Al fin... Oh, y el reverendo, un joven tan bueno y encantador. Sería el marido perfecto.

Pidió su mano como un caballero y lady Catherine no tuvo reparos en que se casaran en dos semanas. La inquietó un poco que fuera tan rápido, pero al parecer los enamorados tenían prisa, eso era muy buena señal. Y su hija viviría cómodamente en vicaría y tendría la granja y las tierras del reverendo para sus hijos, y podría visitarla a menudo, además. Y dejarían de llamarla oveja negra, además. Un epíteto tan espantoso por otra parte.

—Pero el vestido, el banquete reverendo—dijo de pronto.

—No queremos una gran fiesta señora Bradley, el luto por su marido es muy reciente.

Tenía razón, su pobre marido muerto...

Lady Catherine casi lo había olvidado esos momentos, sólo pensaba en su nueva boda y un hogar lleno de niños para Sophie. Claro que no importaba la fiesta. Pero por supuesto que mañana mismo en la reunión de beneficencia gritaría la noticia a los cuatro vientos. Muchas de esas damas remilgadas (sus amigas) siempre habían criticado a su hija sin piedad, diciendo que la pobre no tenía mucha chance de volver a casarse. ¡Pues ella les demostraría lo contrario, al anunciar que se casaría en dos semanas con el reverendo Parker!

Y luego de la partida, del reverendo ordenó a la cocinera que preparara un pastel de carne y un postre especial de frutas para celebrar.

Sin embargo, Sophie estaba intranquila, no dejaba de pensar en esas cartas y en su autor.

¿Dejaría de molestarla ahora que se había prometido con el reverendo?

CAPÍTULO 3

EL CONDE THOMAS DE Windsbrough sabía que la hora de la venganza estaba cerca y sólo quería pensar qué momento escogería para llevarla a cabo.

Sentía todo su cuerpo arder de rabia y frustración por esa jovencita que lo había abandonado hacía casi cuatro años.

Ahora al fin tenía el arma para vengarse y la usaría.

Su cuerpo desnudo y viril se reflejó en el espejo, un pecho ancho y musculoso y piernas fuertes y casi a la mitad de su pelvis su miembro erguido y poderoso como una lanza ansiando disfrutar de su presa.

Oh, sometería a esa diablesa, le haría pagar su humillación, su rabia y dolor.

Se había prometido a él y luego lo había abandonado.

Ahora no tenía esposa, sólo una amargura tenaz. Su odio había sobrevivido y un deseo feroz, pero el amor había muerto hacía muchos años. Sólo se excitaba al pensar en lo que le haría a esa joven sabrosa y rolliza. Oh, la humillaría, la sometería a sus deseos.

Se vistió con rapidez y aguardó su llegada.

Se había burlado de sus cartas, se había burlado de su amor y ahora se había comprometido con ese absurdo párroco llamado William Parker.

Lady Catherine no hacía más que gritar a los cuatro vientos que su hija Sophie se casaría pronto con el reverendo y él había visto a la joven cambiada, sonriente, feliz en compañía de su prometido.

No sería feliz, no haría una boda afortunada y se convertiría en señora de la vicaría.

Debía seguir siendo la oveja descarriada que todos señalaban sin piedad y rechazaban. No sería feliz y se olvidaría del daño que había causado. ¡Oh, al demonio, no lo permitiría! ¡Pagaría con su hermoso cuerpo lo que le había hecho!

Su venganza estaba lista y su lanza se había humedecido al recordar el abultado escote de su antigua novia, ya no era una chiquilla ruborizada y tímida que él soñó con despertar a los deleites del amor. Ahora era una mujer de pechos llenos y caderas firmes que le daría el placer que tanto había anhelado. Oh, sí, lo haría...

LA JOVEN LEYÓ EL MENSAJE y creyó que era una broma, no podía ser. El conde de Windsbrough, su antiguo pretendiente. Oh, no podía ser, era una pesadilla.

¿Entonces había sido él el autor de las cartas?

—Lady Sophie—dijo su doncella entrando en la habitación.

—Debo irme ahora, por favor... Avisa a mi madre que debo ver a mi amiga Meg, regresaré en un momento—dijo nerviosa.

—Pero la esperan en el salón, lady Sophie—la doncella parecía desconcertada.

—Ahora no puedo ir Beth, por favor. Debo salir.

Sus pensamientos estaban muy lejos de su casa. Thomas debía odiarla, oh, sí debió odiarla tanto cuando lo abandonó y nunca la perdonaría.

Pero ella hablaría con él, le haría entender. Le pediría perdón para que la dejara en paz y dejara de alimentar ese odio dañino. Pronto se casaría con Parker y no deseaba que ese hombre siguiera molestándola con esas horribles cartas.

Subió al carruaje y se cubrió con la capa. Estaba temblando. No sabía por qué le había escrito esa carta ni qué planeaba, pero sabía que estaba en sus manos.

El coche se detuvo en la imponente mansión de Manfred place. Un lugar hermoso, lleno de parques y columnas de mármol en la entrada.

Avanzó con paso inseguro envuelta en la capa.

Caía la tarde, no podía demorarse demasiado.

Un mayordomo de cabello blanco y aire circunspecto la condujo hasta el salón principal.

La mansión parecía vacía, se preguntó si encontraría a alguien en los pasillos además de los sirvientes.

Cuando la puerta se abrió y vio al caballero parado frente al hogar, se estremeció.

Cuatro años no era mucho tiempo, pero su enamorado había cambiado, no parecía el mismo y su mirada azul se había vuelto fría, casi maligna. El cabello oscuro, casi negro, había encanecido levemente en las sienes y todo su rostro, delgado, y en otros tiempos amable, parecía una máscara de odio e impiedad y algo más que ella no pudo descifrar.

—Lady Sophie, llega usted puntual. Bienvenida a Manfred place—dijo haciendo una fugaz reverencia.

Tan joven, tan vulnerable e insensata. Huyendo con un caballero sin fortuna, abandonándole por un pobrete y marcharse a Escocia.

Ella lo saludó con voz temblorosa mientras intentaba quitarse la capa. Sir Thomas la ayudó y percibió el perfume de flores tan suave y delicado.

La visión de su cuerpo rollizo y el hálito de su piel despertaron sus sentidos. Esa piel tan blanca y delicada. El cabello rubio estaba sujeto en un moño y un bonito, pero sencillo vestido. Sus ojos verdes almendrados de espesas pestañas brillaban y lo miraban con expresión nerviosa.

Se había convertido en una mujer hermosa y sensual. Y la deseaba.

—Sir Thomas por favor, he venido a hablar con usted, a pedirle que me perdone y que abandone esta venganza absurda. —dijo mostrando mucho valor, porque estaba aterrada, ese hombre la asustaba y sólo pensaba en escapar—Yo sé que muy obré mal con usted hace cuatro años y le ruego que me perdone. Por favor. Mi arrepentimiento es genuino y sincero.

No, no la perdonaría.

La había mandado buscar para vengarse y se vengaría y su daga sería el instrumento de su venganza.

Tendría todo lo que tanto había deseado. Tener su cuerpo voluptuoso tendido su cama y disfrutar de él hasta saciar ese deseo salvaje y ardiente.

—Creo que es un poco tarde para arrepentimientos lady Sophie. Acepto sus disculpas por supuesto, pero temo que no serán suficientes esta vez—el tono de su voz era frío, al igual que esos ojos que parecían traspasarla como una espada—Tengo una carta de amor escrita por su hermana a cierto oficial hace tiempo. Al parecer en su familia no existen las mujeres sensatas. Y la entregaré a su cuñado si no hace lo que digo. Aguarde, se la enseñaré.

Ella la leyó. Era una carta de amor, comprometedora y terrible, mencionaba nombres y también los planes de Therese de abandonar a su esposo.

Ella retrocedió espantada.

Eso no podía estar ocurriendo.

—Usted me humilló hace muchos años señorita Sophie, se rio de mis sentimientos—continuó él con tono helado—Me embaucó haciéndome creer que yo le importaba mientras se veía en secreto con su enamorado. No creerá que puede venir a pedirme perdón y lo olvidaré todo al instante, lady Sophie.

—Sir Thomas, por favor escuche: yo no puedo cambiar el pasado, pedirle perdón es lo único que puedo hacer y decirle que he pagado muy caros mis errores de juventud. Fue tonta y fui impulsiva, quise decírselo entonces pero no tuve valor. Estaba asustada. Y en cuanto a esta carta... Entréguela a quien lo desee, no me haré responsable de las locuras de mi hermana. Durante años he vivido alejada de mi familia y lamento que Theresa haya cambiado tanto, pero...

—¿Entonces no le importa que la reputación de su hermana se vea arruinada señorita Bradley? Me sorprende usted, creí que amaba a su familia—dijo él guardando la cuidadosa carta.

—¿Qué pretende con esto, caballero? A usted no le interesa nada de mi ni de mi familia, ¿por qué entonces me envió esas horribles cartas? ¿Pretende torturarme de por vida? No es justo. Debió usted casarse con otra joven y olvidar ese triste asunto para siempre.

—¿Y atarme a una criatura caprichosa y tonta por el resto de mi vida? Jamás. Cuando quiera tener hijos engendraré bastardos. No necesito esposa señorita Sophie, ¿o acaso pretende postularse? ¿Espera que me case con usted después de todo el daño que me hizo?

—Jamás me casaría con usted sir Thomas, y sólo le ruego que me deje en paz. No me atormentará con esas cartas. Muy pronto me iré de mi casa y seré la esposa de un hombre bueno a quien tengo un especial cariño: el reverendo Parker, le conocerá usted.

Él sonrió con ironía sin dejar de recorrer su vestido con descaro en busca de ese escote cerrado que mostraba unos pechos llenos y generosos.

—¿De veras? ¡Oh, qué afortunada es usted! Seguramente lo hace para que todos en el pueblo dejen de verla como una oveja descarriada ¿no es así?

Esas palabras enfurecieron a Sophie, habría deseado abofetear a ese tunante, era un atrevido y no había hecho nada más que amedrentarla desde su llegada.

—Creo que esta conversación es muy desagradable sir Thomas, será mejor que me vaya. Lamento que su orgullo y soberbia impidan que acepte mis disculpas, sería muy ventajoso para usted que olvidara lo ocurrido y tomara una esposa. Se ha quedado estancado en el pasado, envuelto en su odio hacia mí sin poder comprender las flaquezas y debilidades ajenas. Pero usted es demasiado perfecto para tolerar las tonterías y faltas de los demás, ¿no es así?

—Vaya, ahora sí que habla como la esposa de un reverendo, ¿acaso pretende darme lecciones morales y consejos edificantes? Pues no se los he pedido y no soy un títere que pueda manejar a su antojo. Haré lo que me plazca ahora y siempre y ahora lo que quiero es tenerla a usted en mi lecho, señorita Bradley—dijo dando unos pasos hacia ella demasiado rápido para que pudiera esquivarle.

Y en un arrebato la tomó entre sus brazos y le dio un beso salvaje como había deseado hacerlo durante años.

Atrapada entre sus brazos comprendió que era un hombre muy fuerte y no podría escapar. Pensó que sería un arrebato y que luego se disculparía, era un caballero y sabía que no era correcto que la tratara de esa forma.

Se equivocaba, porque ese beso ardiente y profundo encendió aún más su deseo por ella.

—Usted no se irá de aquí señorita Sophie, ni se casará con su bien amado párroco de Hampshire. No es justo que sea feliz y me deje ardiendo en mi infierno, usted vendrá conmigo y me complacerá y será mías las veces que yo lo quiera—dijo y quiso llevarla consigo.

—¡Está loco! ¿Acaso ha perdido el juicio? No puede hablar en serio, sólo está asustándome. No tiene derecho a juzgarme, jamás habría sido feliz siendo su esposa, es usted un perfecto libertino. Déjeme en paz, sabe que jamás me entregaré voluntariamente a usted, sir Thomas.

—Oh, sí lo hará, la someteré a mis deseos y disfrutaré de su cuerpo hasta saciar mi deseo ardiente y despiadado, ese deseo que me corroe las entrañas. Maldita mujer, y pensar que yo la amaba... Y la busqué como un loco ese día nefasto y usted me abandonó por ese palurdo imbécil del demonio. Se rio de mí.

Sophie comenzó a llorar nerviosa. Ese hombre no la soltaba, no la dejaba en paz, no era su antiguo prometido, era un demonio y sólo quería hacerle daño.

—Perdóneme por favor, sé que no lo merecía, usted era un caballero bueno entonces... No me reí de usted... Pero amaba a George.

Ella se alejó hacia la puerta y quiso correr, tuvo el impulso de hacerlo, pero encontró la puerta cerrada.

—No podrá escapar lady Sophie, pasará la noche conmigo y todos lo sabrán... Su amado reverendo no querrá verla nunca más y no podrá casarse con nadie. Será mi venganza. Tanto he esperado este momento—dijo mirando sus labios y su estrecho talle.

Pero no la tendría en ese salón, la llevaría a una habitación contigua y secreta.

Ella corrió y se resistió, pero esa noche su antiguo prometido estaba poseído por el diablo y no se detendría. Ya no le importaba que se negara, debió suponer que no cedería a sus deseos.

Sophie gritó y lloró, pero ese hombre era fuerte como un toro y la tiró en la cama donde ató sus manos y comenzó a desnudarse lentamente. Vio con horror cómo se quitaba la camisa y la tiraba al piso.

Luego descubrió su pecho ancho y su corazón latiendo muy a prisa y esa mirada llena de odio y deseo.

Eso no podía estar pasando, era una pesadilla.

Jamás debió ir a su casa, ¡qué tonta había sido! ¡Había caído en una trampa! Ese hombre había cambiado, su abandono lo había convertido en ese ser odioso, infinitamente perverso y vengativo.

—Por favor, no puede hacer esto, no lo haga... —suplicó.

Él se acercó y quitó las vendas que ataban sus manos.

Creyó que se había arrepentido, que un milagro lo había hecho volver en sí. Pero se equivocaba. La liberó para que pudiera correr y descubriera que la puerta estaba trancada y no tenía salida. Y al estar de espaldas rompió su corsé y su vestido dejándola semidesnuda con su vestido ligero mientras besaba su cuello y presionaba su inmensa vara contra sus nalgas.

—Tranquila preciosa, esto puede ser placentero para ambos, no quiero lastimarla... Sólo tener lo que debió ser mío hace años, su cuerpo... Tanto soñé con hacerla mía esa noche Sophie...—le dijo al oído.

Respiraba con dificultad y la miraba con deseo. Sus manos se detuvieron en sus pechos y quitó la camisa que los cubrían y el corsé para besarlos, hambriento. Era inútil resistirse y lo sabía, cerró los ojos y lo soportó todo, estaba exhausta de luchar y le dolían los brazos.

—Abra los ojos lady Sophie, quiero que me vea a mí y no a su enamorado reverendo—le ordenó.

Ella obedeció y sus miradas se encontraron. Estaba desnuda completamente y la recorría con la mirada y sin contenerse besó sus labios y su cuello y no se detuvo hasta atrapar sus caderas y lamer su sexo una y otra vez. Sophie creyó que moriría de horror, pero no pudo evitarlo la mantuvo inmovilizada con sus manos presionado su cadera para que no pudiera apartarse de esa boca lasciva, insaciable.

El sabor de su femineidad lo volvió loco y continuó lamiéndola un poco más y su cuerpo respondió de forma involuntaria. Hasta que se tendió sobre ella y besó sus pechos y cubrió sus labios con su lengua para ahogar sus gemidos.

Pero no sería tan rápido, quería torturarla un poco más y le enseñó su inmenso miembro que empezaba a humedecerse con la excitación del momento y acercó su mano para que lo tocara. Oh, era inmenso, la lastimaría.

Sabía de esas horribles prácticas, llevada a cabo por mujerzuelas y tembló de que la obligara a besar su miembro. Nunca lo haría...

Pero sí la obligó a acariciarle, a sentir su inmensidad en su mano y luego la tendió y ella lo miró aterrada sabiendo que sería doloroso.

—Por favor, no me lastime—le susurró—Yo nunca he estado con un hombre, por favor, me matará usted...—confesó derramando algunas lágrimas, desesperada.

Él la miró como una fiera contenida, no podía ser, debía estar mintiéndole.

—¿Pretende engañarme otra vez pequeña embustera? ¿No huyó usted con su enamorado y se casó con él? ¿Me dirá ahora que no consumó su matrimonio? —exclamó.

—No, no lo hice, él no pudo... Y mi matrimonio fue anulado. No le miento maldición, ¿por qué lo haría? ¡Déjeme ir por favor! — suplicó.

Estaba temblando y de pronto acarició su pubis y notó que era pequeña. Virgen. Oh, no podía tener tanta suerte en esta vida... Someterla y arrebatarle la virtud esa noche... Su venganza sería grandiosa.

Sus ojos la miraron de una forma extraña, pero mientras sus labios sonreían sus ojos permanecían fríos.

—Tranquila preciosa, no la lastimaré señorita Bradley, sólo que deberé prepararla un poco más para este momento—dijo.

Ella no supo de qué hablaba hasta que se abalanzó sobre ella y lamió sus pechos apretando su cintura y luego sus nalgas. Y luego sus besos ardientes lamieron de nuevo su sexo hasta provocarle sensaciones nuevas y extrañas. Y luego la abrazó por detrás rozando su miembro en sus nalgas con suavidad mientras sus manos tocaban y separaban sus labios. Respondía a sus caricias, a sus besos y se sentía una horrible golfa al hacerlo.

Y de pronto sintió su inmenso miembro vigoroso invadiendo su cuerpo, llenándola por completo, obligando a su sexo a ceder, rozándola con suavidad hasta destruir la barrera de su virginidad. Soportó el dolor y la incomodidad, pero su roce fue delicado, por más que se moría por hundir su daga y poseerla como un diablo salvaje no lo hizo. Sin embargo, se deleitó al robarle la inocencia, e impedir que ese tonto reverendo se llevara el premio mayor, ¡maldito tonto! Sería suyo, y ella sería suya como debió serlo esa maldita noche de bodas, arruinada por su culpa.

Era deliciosamente estrecha, lo que aumentó su placer mientras se abría camino y continuaba más allá.

Sophie soportó la dolorosa invasión sin quejarse, inmóvil y cuando comenzó a rozarla lloró. No se detendría y sospechó que la dejaría encinta. La penetración se hizo cada vez más intensa y su sexo cedió y ya no sintió dolor, sólo una impotencia espantosa. Su abrazo la mantenía apretada a su cuerpo, pegada a su piel, totalmente inmóvil.

La había forzado y de pronto inundó su interior con su simiente tibio.

Sus brazos la estrecharon aún más y de pronto besó su cabeza y suspiró como un hombre enamorado.

Ya había tenido lo que deseaba así que supuso que no se negaría a dejarla partir.

Ella quiso escapar, pero él la atrapó con fuerza y notó que su miembro estaba manchado con su sangre virginal. Qué satisfacción feroz tuvo entonces.

—Suélteme, no volverá a tocarme nunca, yo lo odio, lo odio—chilló ella golpeando su pecho. Pero el sujetó sus manos y la tendió de nuevo besando sus labios.

—Así que me abandonó y ni siquiera lo hizo con un verdadero hombre sino con un completo imbécil que la dejó escapar sin haber podido convencerla de consumar su travesura—dijo y rio al ver su frustración y rabia—. Y ahora me ha obsequiado su virtud pequeña tonta. Gracias preciosa, me siento muy honrado...

—Yo no le entregué nada, usted me la robó. Y nunca voy a perdonárselo, es usted un demonio y un malnacido rufián sir Thomas. ¡Y yo lo odio, lo odio!

Forcejearon y él la retuvo y volvió a besarla una y otra vez. Oh, era suya, su antigua novia se había guardado para él todo ese tiempo...

Ella quiso escapar, pero no pudo, sabía que volvería a hacerlo, su miembro había despertado y podía sentirlo en sus nalgas mientras la acariciaba por detrás.

—No temas preciosa, será diferente esta vez... Tranquila, no te resistas, no quiero lastimarte —le dijo.

Su respuesta fue un sollozo ahogado. No tenía salida, estaba exhausta de tanto luchar.

Thomas no demoró en recorrer de nuevo su estrenado sexo, cálido y aún estrecho hasta llenarla por completo y comenzar el roce suave pero constante.

—No por favor, no...—susurró ella—Déjeme.

Él secó sus lágrimas y la besó, oh, era hermosa, y aunque lo había abandonado como una tonta se había guardado para esa noche: su noche de bodas frustrada, fallida... Y ella era como su esposa: sometida a sus deseos y sin poder escapar.

Sophie sabía que era en vano resistirse, volvería a inundarla con su simiente y tal vez la dejara encinta esa noche, no podría evitarlo. Pero al menos ya no sentía dolor sino rabia e impotencia, y odio, odiaba a ese hombre que se había vengado de esa forma tan ruin, arrebatándole su virtud y tal vez dejándola preñada.

Thomas gimió de placer sosteniendo sus caderas para que no pudiera escapar, ni siquiera intentarlo en un momento tan importante como ese, y luego hundió su vara hasta el fondo y fue tan fuerte la sensación de liberación que casi pierde el sentido.

Cuando el descontrol y la lujuria pasó la abrazó y besó con ternura, "Oh, Sophie, ¿por qué me abandonaste mi amor, por qué me hiciste tan desdichado?" Murmuró.

Ella no le respondió y ni siquiera entendió plenamente su pregunta, sólo quería dormirse y olvidar esa horrible noche, estaba exhausta.

Thomas la dejó dormir y la cubrió con la manta de lana.

Ya se había vengado, sabía que Sophie nunca olvidaría esa noche, sólo que él tampoco lo haría.

Suspiró sintiendo el hálito de su cabello: era tan hermosa y suave, era perfecta para él, siempre lo había sido, por eso se había enamorado.

Pero de ese amor sólo quedaban cenizas de odio y venganza. Nunca más volvería a amarla ni había podido amar a nadie más.

Y sin embargo su venganza no lo dejó satisfecho. Nunca podría saciar su deseo...

Tal vez no le bastara una noche como había pensado.

La tendría mañana y todos sabrían que lady Sophie, su antigua prometida había dormido en su lecho y era su nueva querida.

Sí, tenía cierta gracia... Pensó mientras acariciaba su cabello y la observada dormida. Y lentamente la abrazó y suspiró pensando que había sido la mejor noche que había pasado con una mujer en mucho tiempo.

CAPÍTULO 4

SOPHIE DESPERTÓ CON la luz del sol entrando en la habitación. Se había dormido...

Recordó aturdida lo ocurrido y se incorporó. Estaba desnuda y sola en esa habitación, el demonio que la había forzado había desaparecido misteriosamente.

Debía escapar cuanto antes.

Cuando salía de la cama vio sangre en las sábanas y en su cuerpo, entonces lloró, su virtud, se la había arrebatado sin piedad. Creyó que se detendría, un caballero bien nacido jamás habría abusado de una joven virtuosa y, sin embargo, su odio por ella fue tan profundo que no le importó, sino que, al contrario, disfrutó plenamente su abominable acto.

Pero ya no importaba, ahora debía irse.

Buscó el vestido y al encontrarlo tirado y roto sobre la alfombra volvió a llorar.

La puerta se abrió en ese momento y así la vio Thomas llorando como una chiquilla con su vestido ligero y transparente.

—¡Cálmese lady Sophie! Espere, beba esto, le hará bien—le dijo ofreciéndole una tisana de hierbas.

Ella lo miró con rabia, luego cambió de parecer.

—Lléveme a mi casa por favor. Necesito un vestido... Mi madre debe estar preocupada.

Él se acercó despacio y fue hasta un armario. Había vestidos de sobra y escogió uno azul muy bonito.

—¿Le agrada esta señorita? —preguntó con naturalidad.

No mostraba arrepentimiento alguno, ella parecía un simple huésped que había pasado la noche en su cuarto, en vez de una joven cautiva y violada.

—¿Es que no siente culpa algún sir Windsbrough después de lo que me hizo? —dijo.

El caballero la miró sorprendido.

—Bueno, yo no sabía que era usted virgen señorita Bradley, creí que se había casado con su escocés y había consumado su matrimonio—dijo dejando la tasa en la mesita.

—Yo se lo dije y usted no se detuvo, no le importó nada. Actuó como uno de esos lores bárbaros del Medioevo y ni siquiera lo lamenta ni muestra arrepentimiento alguno.

No tuvo respuesta, al parecer su anfitrión estaba preocupado buscándole un vestido.

Sophie tomó el que su raptor le ofrecía y se lo puso despacio, sus manos temblaban y no podía dejar de llorar.

Él se le acercó y ajustó su corsé y besó su cabello. Oh, era tan hermosa, y había sido suya esa noche, tan suya...

—Tranquilícese, escuche, beba este té, le hará bien, está muy nerviosa. No puede volver a su casa en ese estado.

—¿Y acaso le preocupa? Usted me odia y acaba de completar su venganza. Regresaré a mi casa ahora.

—Quédese señorita Bradley, beba esto, le hará bien...

—OH, maldición, deje de fingir que nada pasó es usted un demonio insensible.

Esas palabras lo inquietaron y la miró con rapidez.

—Tiene usted mucha razón señorita, soy un demonio y un bárbaro del Medioevo, pero no tema me casaré con usted—dijo él.

—¿Qué ha dicho? ¿Acaso se está burlando de mí?

—Está usted muy alterada, mejor será que hablemos más tarde el asunto. Beba este té por favor, le hará bien.

Ella bebió el té de amapolas y se durmió poco después.

Sir Thomas pensó que no podía dejarla regresar a su casa, pero debía enviar una nota a su madre para que no sufriera una de sus famosas crisis de nervios.

Tomó un papel de su despacho y escribió con su pluma el siguiente mensaje: "Lady Catherine, su hija vino a visitarme ayer en la tarde y sufrió una ligera indisposición y se quedará unos días en Manfred Place a mi cuidado. No se inquiete usted, es sólo un pequeño malestar. Le avisaré en cuanto se recupere."

Envió el mensaje con su criado y luego habló con la doncella Daisy. Una joven poco agraciada pero muy servicial.

—Cuide usted de la señorita Bradley, es mi huésped ahora. Sufrió un desmayo y no se siente bien. Avísame de cualquier inconveniente.

La jovencita se retiró tras hacer una reverencia.

Y dos de sus criados fueron alertados: había un joven huésped que no podía abandonar la mansión porque se encontraba enferma, con malestares.

Ellos no hicieron preguntas.

—Avisen a los demás sirvientes—les ordenó luego mientras hacía planes.

El mayordomo le avisó que tenía visitas.

La vida continuaba, las obligaciones del señorío le mantuvieron ocupado hasta la noche.

Luego recordó a su amante cautiva encerrada en la habitación dorada. La echaba de menos, tal vez pudiera disfrutar de sus favores esa noche también, quién sabe...

Sophie escuchó el sonido de la puerta y se levantó alterada.

Todo el día la había mantenido encerrada en esa habitación como si fuera una prisionera, ese hombre estaba loco. No sólo la había sometido, sino que al parecer quería atormentarla un poco más.

Sir Thomas se acercó a la joven con paso ligero, observando su rostro y sus gestos y movimientos. Estaba nerviosa y tal vez desesperada, pero lista para defenderse como una gata si acaso intentaba tocarla.

—Buenas noches, señorita Sophie, ¿se siente usted bien? —preguntó mirándola con intensidad.

—¿Y usted cree que puedo sentirme bien sir Thomas, después del daño que me ha hecho? Pero no crea que volverá a tomarme como lo hizo anoche porque esta vez me defenderé y le haré mucho daño.

Estaba furiosa y sus mejillas estaban encendidas.

—Tranquila no he venido a hacerle el amor, sólo a charlar con usted, siéntese por favor.

Era muy extraño que ese hombre quisiera "charlar" con ella, nunca había querido hacerlo por otra parte.

—Escuche, le he enviado un mensaje a su madre para tranquilizarla como me pidió y le dije que estaba usted indispuesta y se quedaría unos días en Manfred—dijo con mucha calma.

—¿Y le dijo usted eso a mi madre? ¿Cómo explicó que quisiera quedarme en su mansión sir Thomas?

—Bueno, le escribí que ayer vino a visitarme y sufrió una pequeña indisposición.

—No es necesario que me quede aquí, mañana podré irme y disimular el daño que me ha hecho.

—Y regresará a Garland para casarse con ese adorable párroco supongo.

—Mis asuntos no le interesan sir Thomas. No crea que porque me forzó tiene algún derecho sobre mi o mi futuro.

—¿Eso es lo que cree señorita Bradley? ¿Y si quedó usted encinta? —dijo él mirando sus labios con deseo.

Ella no respondió, estaba acorralada.

—Creo que deberé considerar esa posibilidad y usted también señorita.

—Usted es un demonio sir Thomas y pagará por lo que hizo, el Señor lo castigará. Yo he pagado por mis errores de juventud, demasiado tiempo lo hice, pero usted pagará por haberme forzado como lo hizo. No tuvo piedad de mí, y ni siquiera se muestra arrepentido.

—Su Dios no existe señorita Bradley y usted tampoco tuvo piedad cuando me abandonó el día de la boda con una iglesia repleta y mi corazón roto de pena y vergüenza. No estoy arrepentido, sólo sueño con volver a tenerla entre mis brazos porque una noche no fue suficiente para mí. Sería demasiado sencillo si así fuera ¿no cree?

—Lléveme a mi casa, por favor. ¡No volverá a tocarme, juro que lo mataré si lo hace!

—Tranquila, no he venido a seducirla, sólo a charlar con usted. No la regresaré a su casa, haré algo mejor. Enmendaré mi seducción y me casaré con usted.

¡No la dejaría ir, maldición, no lo haría! Había sido su mujer y había quedado fundido en su cuerpo, en su delicioso vientre estrecho hecho a su medida... Y no había aplacado su sed de venganza.

—¿Qué ha dicho señor? Es una broma ¿verdad? —dijo alarmada.

—Se casará conmigo o diré a todos que fue mi amante y le enseñaré a su enamorado párroco su vestido y le contaré que fue mía más de una vez, resistiéndose al comienzo, pero disfrutándolo luego...—dijo muy lentamente sin dejar de mirarla.

—Usted no haría eso, sir Thomas.

—Oh, sí que lo haría, no se olvidará de mí tan fácil señorita Bradley, será mía esta noche y no descansaré hasta dejarla encinta, y entonces veremos si ese tonto acepta casarse con usted. Quedará preñada y sin marido, ¿le agrada esa posibilidad?

Sophie demoró en responderle.

—¿Usted me odia y quiere casarse conmigo? Creí que era un perverso, pero ahora comprendo que está rematadamente loco, sir Thomas.

Él la miró con intensidad, se había convertido en una mujer hermosa y obstinada, pero doblegaría a su antigua novia, oh, sí lo haría. Un deseo ardiente empezaba a despertar y deseó poseerla en esos momentos. Lentamente se acercó y sin esperar un instante más la tomó entre sus brazos y miró sus labios.

—Cásese conmigo y deme un hijo, no le pediré más que eso. Me lo debe usted. Usted me abandonó y convirtió mi vida en un infierno, lady Sophie. Usted me robó mis sueños y la fe en el corazón de una dama... Pero no soy un rufián, y ansío reparar el daño que le he hecho. Nunca he forzado a una mujer, sólo a usted... Y no me arrepiento, ni me siento satisfecho... Sólo que no puedo dejarla ir, al parecer usted no sólo me embrujó hace cuatro años, sino que me ha atrapado con su hermoso cuerpo anoche.

Sophie debió rechazarle, pero sintió que él la amaba y hablaba desde su corazón atormentado, que mucho tiempo se había alimentado de odio, y sólo ella podría curarle.

—Yo le pedí perdón sir Thomas, pero al parecer no fue suficiente para usted.

—No, no lo fue... Debe usted reparar el daño que me hizo y ser mi esposa, como debió serlo hace tanto tiempo. Y yo podré reparar el daño que le hice al robarle la virtud.

Sophie se apartó confundida, necesitaba pensar y no podía hacerlo con claridad.

—Su proposición parece un arrebato y creo que no estaba en sus planes casarse conmigo, a menos que planee hacer mi vida insoportable. Usted me odia y no puede perdonarme, no será un marido bueno ni de buen carácter como lo sería William Parker. Lamento tener que rechazarlo sir Thomas—declaró muy segura de sí.

—¿Esa es su respuesta lady Sophie? ¿Prefiere quedarse aquí y ser mi amante? —dijo con calma sin dejar de mirarla.

—¿Está diciéndome que...?

—Tal vez necesite más noches de pasión para comprender que usted está hecha a mi medida lady Sophie...

—Es usted un bárbaro, un demonio y nunca me casaré con usted. De haberse acercado a mí con gentileza, de haber sido diferente tal vez, pero la manera en que actuó...

Él la atrapó de nuevo y la besó arrastrándola a la cama. Ella gritó y se resistió, no la tocaría de nuevo, no lo haría.

—Usted está a mi merced, está donde siempre quise tenerla lady Sophie, en mi cama, amarrada a mí... Será mi esposa y se entregará a mí sin resistirse y a cambio prometo protegerla y cuidarla, ser casi como lo sería su esposo reverendo. O al menos lo intentaré. No le haré ningún daño ahora, me mantendré apartado hasta el matrimonio, se lo prometo. Pero usted no podrá negarse nunca a mis brazos ¿entiende? Y no soportaré que sea una esposa quejosa o gazmoña.

Su proximidad le recordaba la intimidad que había compartido, dos veces le había hecho el amor como un insaciable, y si no lo intentó más veces fue porque ella se durmió exhausta. Y en esos momentos sentía el aroma de su piel, y su corazón latiendo con furia. Era un demonio y nunca estaría satisfecho.

—¿Su silencio significa que acepta lady Sophie? —preguntó entonces.

Ella asintió sin decir palabra.

—Pero usted me llevará a mi casa ahora y no dirá nada de lo ocurrido—le pidió.

—No lo haré preciosa. Tal vez intente escapar como la primera vez. Mejor será que se quede aquí hasta que consiga una dispensa especial para casarnos en Londres. No podremos pedirle a su enamorado reverendo que nos case, no sería delicado.

Sophie lo miró con desesperación mientras se marchaba. No podía quedarse en esa mansión, los sirvientes la verían y luego...

Escuchó como cerraba la puerta con llave, estaba atrapada. No la dejaría ir. Y ella debería casarse con él y darle un hijo... Someterse a sus deseos todas las noches y no podría gritarle ni apartarle como a George. La había forzado una vez, lo haría de nuevo.

No podía creer lo que había pasado, su vida había cambiado en un minuto. Jamás debió ir a esa mansión para disculparse con ese caballero, para rogarle que la dejara en paz. No quería sus disculpas, la quería ella, y el reverendo William se lo había dicho.

Debía escribirle una carta, explicarle...

Una doncella llegó poco después con la cena. No tenía hambre, pero pensó que debía comer algo, hacía horas que no ingería bocado...

Ese hombre la había convertido en su cautiva, su prisionera y la mantuvo escondida en esa habitación hasta que arregló el viaje a Londres con la dispensa.

Fue a verla al día siguiente y le contó que la dispensa demoraría unos días.

—Debo escribirle a mi madre, por favor.

—Ya lo he hecho mi bella dama. Le he hablado de nuestro encuentro y de nuestros planes de boda.

Ella lo miró alarmada. No podía ser.

—Sí lo hice, pero omití nuestra noche de pasión, no habría sido decoroso mencionarla ¿no cree?

—Quisiera regresar un momento, debo hablar con mi madre y el reverendo, explicarle. Prometí casarme con él en dos semanas, por favor sir Thomas.

Thomas rio.

—Fue muy imprudente hacerlo, y en realidad, ¿qué importa? No será la primera vez que deje plantado un novio en el altar ¿no cree? El reverendo comprenderá que es usted incorregible.

Ella enrojeció furiosa.

—Usted me trata como si fuera una esclava, no lo permitiré sir Windsbrough. Debo ver a mi madre y lo haré o no me casaré con usted.

—No, no lo hará y mejor será que aprenda a obedecerme porque no toleraré sus caprichos y tonterías. Escríbale a su enamorado párroco si desea, yo enviaré la carta. Y en cuanto a sus pertenencias mis criados irán a buscarla.

Sophie chilló furiosa.

—Es usted odioso sir Thomas, y creo que lamentará haberme forzado una vez, oh sí que lo lamentará.

—Y usted lo lamentará si no se comporta de forma adecuada.

Cuando se marchó de la habitación Sophie lloró de rabia, no quería casarse con ese hombre, lo odiaba, lo odiaba con toda el alma y su unión sería un desastre.

CAPÍTULO 5

LO PRIMERO QUE HIZO el caballero fue confeccionarle vestidos nuevos, lujosos ellos, con un precioso corsé bordado pero cerrados al cuello y con mangas. No podría mostrar ni brazos ni lucir un escolte tentador y bonito.

Y todos eran iguales, aunque de distinto color. ¿Qué pretendía ese hombre, vestirla como una monja?

Al interrogarle días después dijo que eran los vestidos apropiados para la condesa de Windsbrough, y que sólo él debía ver su hermoso escote, y nadie más.

No debía casarse con él, era muy mala idea.

Pero había amenazado con convertirla en su amante y dejarla encinta y encerrada en Manfred Place, no tenía escapatoria. Era su venganza y sabía que la estaba disfrutando. Primero la humilló, la sometió a sus deseos y ahora, la convertiría en una esposa cautiva, porque no sería una esposa común y corriente, eso sí que no, lo suyo debía ser tortuoso y maligno...

Tal vez podía intentar escapar.

Se acercó a la puerta y notó que estaba cerrada con llave. Nunca podría huir de esa mansión llena de sirvientes. Debían estar vigilándola. En ocasiones escuchaba voces de damas y caballeros, pero ella permanecía escondida, como una prisionera. Como si la mansión fuera un castillo y ella una bribona encerrada en las mazmorras.

Procuró mantener la calma.

No hacía más que llorar en las noches cuando echaba de menos su casa y sentía terror a su futuro con ese hombre que tanto la odiaba. Era como un demonio y ella se metería en su cama y volvería a hacerle esas cosas horribles siempre que lo deseara.

Debía serenarse, no tenía escapatoria.

Se levantó al día siguiente más tranquila y luego de darse un baño y ponerse un vestido ligero y transparente abrió las ventanas para contemplar ese hermoso paisaje de campo. Era un lugar maravilloso.

En realidad, no estaba tan mal, pudo matarla con esa vara inmensa, y no comprendía como hizo para penetrarla y quitarle la virtud sin provocarle un desmayo. ¿Cómo resistió las feroces embestidas y que lo hiciera de nuevo poco después...? Era un completo misterio, cuando su anterior marido tenía un miembro mucho más pequeño y ni siquiera había podido hundir levemente la punta de su vara en ella.

Sophie sintió que se humedecía al recordarlo, eso no podía ser... Era involuntario, su respuesta había sido involuntaria. Era la primera vez que consumaba ese bárbaro acto de procreación y estaba confundida. Eso era todo.

—Señorita Bradley—dijo una voz.

Era sir Thomas y estaba muy guapo con su traje negro y corbata blanca anudada en el cuello. Guapo y elegante con sus trajes de corte londinense.

Lo miró agitada, ahora además de húmeda, su pecho lleno subía y bajaba con velocidad.

La visión a trasluz de sus encantos fue demasiado para el caballero, maldita promesa que había hecho, su inmensa vara quería disfrutar de esa dama una vez más...

—Sir Thomas no es muy correcto que venga a mi habitación a horas tan tempranas, no he terminado de vestirme—dijo ella.

—Es verdad—su voz se oía algo extraña.

No podía pensar, un deseo lento y furioso lo dominaba. Debía tenerla en esos momentos.

—No—gimió ella cuando la atrapó y besó salvajemente y rasgó su vestido dejando sus senos llenos al descubierto para enloquecerle.

Su lengua los recorrió mientras su boca los succionaba y la arrastraba a la cama sin ninguna excusa más que un deseo indomable y feroz.

No tardó en dejarla desnuda y no pudo evitar que lamiera de nuevo su pubis gimiendo de placer al descubrir que ella respondía a sus caricias desesperadas.

Maldición, ese hombre la estaba enloqueciendo con esas horribles prácticas y no quería que siguiera, pero no podía evitar gemir ante el feroz ataque de su boca hambrienta y apasionada sobre su pequeño pubis.

Apenas tuvo tiempo de abrir sus pantalones y liberar su inmensa daga mientras la tendía y la hacía suya, llenándola por completo. Era inmensa y su estrenado sexo parecía resistirse y ocasionaba presión sobre el miembro, enloqueciéndole aún más. Oh, seguía siendo pequeñita y apretada, ideal para él pensó.

No tardaría en hacerlo, no podría resistirlo y abrazándola con fuerza cubrió su boca con su lengua para saborearla también, al tiempo que la inundaba con su tibia simiente y gemía con un placer enloquecedor. Maldición, nunca había disfrutado tanto con una mujer, ni siquiera cuando tuvo una amante viuda muy apasionada.

Pero no se iría, quería quedarse fundido a ella, para siempre...

Y de pronto descubrió que ella había respondido a sus caricias y deseado ese momento. Lo había hecho y ahora lo miraba confundida. Debía odiarle, pero había dejado de resistirse y disfrutó sus caricias, gimió con ellas.

—Lo lamento preciosa, he roto mi promesa—dijo de pronto.

Ella lo miraba confundida. Había sido una experiencia extraña, y la había disfrutado, a pesar de la feroz invasión de su inmenso miembro, oh, estaba empapada y sintió su olor, en su piel, en su sexo, mojado por él y le gustaba, maldición... Ese hombre la había despertado a la lujuria, no podía llamarse de otra forma.

—Señorita Bradley ¿puedo preguntarle algo? ¿Por qué no pudo consumar usted su matrimonio?

Sophie se sonrojó.

—Estaba asustada y era muy doloroso y no lo soporté. No estaba preparada—confesó.

—¿Y su esposo no intentó prepararla? ¿Era tan inexperto y tonto?

—George no era como usted, sir Thomas. Y yo me asusté tanto que su miembro desapareció en su camisa y luego... Creo que lo lastimé al abandonarle.

—Como me lastimó a mí... Sólo que de haberse casado conmigo no se habría escapado de mis brazos ni de mi mansión señorita Bradley. ¿Por qué demonios lo hizo entonces?

—Estaba enamorada, encaprichada, no lo sé... Nunca me habían besado y pensé que besarse era lo mismo que hacer el amor y además... Mi cuerpo no era el de una mujer, mi sexo no estaba desarrollado para soportar la intimidad con un hombre. ¿Y sabe algo sir Thomas? Pues me alegro de que me atrapara usted cuatro años después, pues de haber tenido una noche de bodas a esa edad me habría matado con su daga inmensa.

Thomas rio divertido.

—Oh, habría sido muy delicado señorita se lo aseguro.

—Era muy joven sir Thomas, era una niña no debí prometerme a usted, pero me obligaron a hacerlo y yo estaba asustada... Creí que yo no le importaba y que se casaba por imposición familiar. Y fue el miedo a usted lo que me obligó a huir con George.

—Pero esta vez no se fugará usted señorita, está atrapada y no me detendré hasta dejarla encinta. No podrá huir de mí.

Ella deseaba escapar, ese hombre la confundía, la tomaba como un bárbaro y la enloquecía con sus caricias.

Se alejó despacio y se puso la camisa. El momento de lujuria y éxtasis había terminado para él, retomaría sus obligaciones y la olvidaría. Sophie se cubrió con la sábana y buscó un vestido en el armario.

—A propósito, señorita Bradley, he venido a decirle que he obtenido la dispensa y viajaremos mañana a Londres para casarnos—dijo antes de marcharse.

¿Mañana, tan pronto? No podía ser.

Se dejó caer en la cama rendida, suspirando por ese encuentro. Era como una fruta que había madurado y caído del árbol y ese hombre la había hecho madurar y ahora disfrutaba de ella y lo haría todas las veces que quisiera.

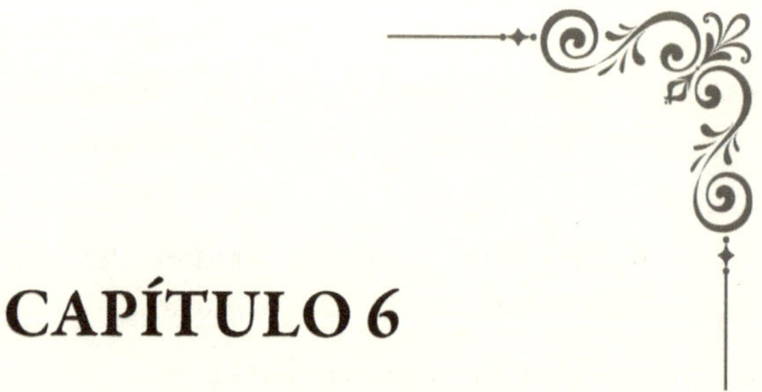

CAPÍTULO 6

LLEGÓ EL DÍA DE LA boda y Sophie se miró en el espejo y se preguntó si su nuevo matrimonio sería tan decepcionante como el primero. Thomas era tan distinto a George...

Luego de ser raptada y sometida por ese demonio comprendió que su antiguo esposo había sido más inexperto que ella.

Ahora sabía que su nuevo esposo la ataría a la cama y le hundiría su inmensa daga antes de dejar que se marchara.

Esa idea la hizo sonreír.

Suspiró y observó el cielo azul de otoño preguntándose qué le depararía el destino y si esa unión nacida de un contratiempo y una feroz seducción tendría un final feliz.

Había pasado tantos años de infelicidad y de arrepentimiento. Quería ser feliz... ¿Pero podría ser feliz con un hombre que la odiaba y la había sometido a sus deseos?

Cuando sir Thomas entró en su habitación sintió una rara agitación. Estaba tan guapo con su traje oscuro de levita y camisa blanca. Se veía distinto, su mirada había perdido ese matiz de crueldad y de ironía. ¿O lo estaba imaginado?

—Estás preciosa Sophie—dijo él recorriéndola con una mirada ardiente. No hacía más que pensar en su noche de bodas... Quería terminar esa formalidad, regresar y hacerle el amor hasta el anochecer.

Ella sonrió y tomó su mano y juntos abandonaron esa habitación rumbo al carruaje.

Tuvo la rara sensación de que viajaba en el tiempo y que en vez de huir con George se quedaba y se casaba con ese caballero... Como debió ocurrir cuatro años atrás. Debió hacerlo entonces, se habría ahorrado años de vivir recluida en Norfolk con su tía, años de reclusión y tristeza.

El viaje sería largo y dejaron atrás el señorío ese día frío de octubre, rumbo a la gran ciudad.

Sin darse cuenta se durmió en su hombro y él la cubrió con su capa. Hacía mucho frío...

Al llegar a Londres fueron a la iglesia de Saint Paul sin demora. Un pequeño grupo de amigos de su esposo aguardaban, no los conocía y notó que la miraban con curiosidad.

Se había negado a invitar a sus parientes, sólo les envió una tarjeta de participación, de aviso con la excusa de que las invitaciones para su boda no llegarían con el tiempo necesario. Tenía prisa por casarse con ella al parecer.

Un reverendo con aire grave aguardaba en el altar y ella fue tomada del brazo de su antiguo prometido.

La ceremonia fue breve, el reverendo los bendijo y tomó su consentimiento. Thomas le puso una alianza de oro con un gran zafiro en el medio.

Ahora estaban legalmente casados.

Los escasos invitados se acercaron para felicitarles y charlar un momento, pero su esposo tenía prisa por marcharse.

Se apearon al carruaje y Sophie observó la alegría de la ciudad alejarse lentamente.

—Oh, Thomas podríamos quedarnos y sentarnos en un café por favor... Londres es una ciudad maravillosa—se quejó Sophie.

—Luego vendremos con más tiempo lady Windsbrough, ahora regresaremos a Manfred donde esperan mis amigos íntimos y algunos parientes.

Ella lo miró sorprendida.

—Pero usted dijo que no habría fiesta, que no invitaría a mis parientes.

—Y no lo hice preciosa—sonreía disfrutando su rabia.

—¿Por qué no? Mi madre, mis hermanas, mis amigas más cercanas...

—Luego los invitará a todos querida, no pude invitarles, las invitaciones no habrían llegado a tiempo.

—Pero mi madre.

—Su madre la envió tres años a vivir con su tía Euphemia y sólo la recibió cuando su padre murió, supongo que para que cuidara de ella ¿no es así?

Ella enrojeció.

—¿Cómo supo eso, sir Thomas?

Su mirada había cambiado, ahora la miraba con rencor.

—Supe que había regresado y que su padre la envió con su tía de Norfolk. Un amigo mío me escribió una carta contándome las últimas noticas, yo me encontraba de viaje por el extranjero ¿sabe? Y al regresar supe que su familia la había recluido con su tía.

—Es verdad, pero mi madre no podía hacer nada, fue mi padre quien lo decidió, no ella. Mi madre me escribía cartas y siempre fue la única que me amó sir Thomas. No debe usted juzgarla con dureza, me lo merecía por atolondrada ¿sabe?

—Usted ignora algo señorita Bradley, cuando supe que usted había regresado de Escocia fui a Garland a hablar con su padre.

Ella se quedó mirándole boquiabierta, nadie lo había mencionado jamás.

—Quise casarme con usted entonces, pero su padre se opuso de plano. Agradeció mi generosidad y caballerosidad, pero dijo que usted debía recibir un escarmiento por su deshonra y si permitía la boda sería como premiarla por su insensatez y egoísmo. Así que despreció mi ofrecimiento y la envió con su parienta sin decir nada a nadie donde estaba. Hasta que tiempo después alguien supo que estaba con su tía.

Sophie no podía creerlo.

—Oh Sir Thomas, usted me odiaba entonces ¿por qué pediría mi mano de nuevo?

—Porque la amaba y estaba dispuesto a perdonarla, a recibirla en Manfred. Aunque todos dijeran que era un tonto hazmerreír, no me importó.

—Yo lo lamento... Siempre lamenté hacer lo que hice, no sólo porque me castigaran; porque sabía que merecía ese castigo, sino porque usted no lo merecía, era un caballero tan gentil y delicado...

—Yo también lo lamenté y nunca le perdoné a su padre que me quitara la oportunidad de convertirla en mi esposa y amarla. Usted era una chiquilla, cometió una tontería, pero no fue sólo su culpa, su padre debió cuidarla en vez de tolerar que tuviera amoríos secretos con un joven. Y su familia me empujó al odio... Pero ya no la odio ¿sabe? Aunque tampoco podré amarla como la amé entonces, los sentimientos pasan lady Sophie...

Esas palabras le provocaron lágrimas.

—¿Y por qué diablos se casó conmigo y me forzó como un demonio si no me amaba sir Thomas? No necesitaba casarse conmigo ¿sabe? —Sophie estaba furiosa.

Había creído que él la quería, que en medio de su odio estaba ese amor del pasado escondido, ansioso de salir a la luz.

—Usted fue mi amante señorita, le arrebaté su virtud y puede estar encinta en estos momentos, no soy el demonio que usted cree, me sentí culpable... Y además usted cometió la tontería de prometerse a ese párroco, nunca dejaría que fuera de ese hombre.

Ella demoró en hablar, sentía deseos de llorar.

—Entonces fue por celos... Porque no quería que otro disfrutara lo que usted tanto deseaba. Un deseo sensual, sólo eso siente por mí. ¡Pues váyase al demonio sir Thomas! No estoy encinta sabe, esta mañana tuve la regla. Así que si desea podemos regresar a la Iglesia de Saint Paul y anular este matrimonio.

Esa noticia lo defraudó, maldición, su noche de bodas había sido arruinada y lo peor era que su esposa no estaba encinta como deseaba.

—Sabe que no haré eso, ¿es que todavía no se enteró que no soy como su otro esposo George, lady Windsbrough? En mi familia no existe el divorcio y ni una boda ha sido anulada por no consumación. Y le recuerdo que nuestro matrimonio fue consumado antes de celebrarse. Olvide esas tonterías, es mi esposa ahora y me obedecerá. No soy su perro faldero escocés, soy un hombre y no jugará conmigo.

Ella lo miró a través de las lágrimas, no la amaba, se lo había dicho. Nunca iba a perdonárselo.

Permanecieron el resto del viaje sin decirse una palabra.

Pero al llegar a Manfred Place él le dijo que secara sus lágrimas y sonriera porque aguardaban los invitados y no debía defraudarles.

Sophie notó el cambio en la mansión, los jarrones llenos de flores frescas, las mesas con manteles blancos y lo más incómodo: más de cincuenta personas, a quienes no conocía se acercaron a ellos para felicitarles, mientras los criados con librea repartían copas de vino y bocados.

Sintió deseos de escapar, estaba furiosa, dolida.

Ni uno de sus parientes, ni una de sus amigas... Sólo su familia, sus hermanas a quienes recordaba con sus maridos, y primos, primas... Toda la familia Windsbrough reunida y sus amigos, y hasta vecinos muy distinguidos.

Ella no pudo siquiera cambiarse el vestido, sus cuñadas la atraparon para felicitarla y su marido desapareció para conversar con sus amigos.

El banquete duró horas interminables y Thomas se mantuvo alejado de ella, casi la ignoró y se dedicó a hacer cumplidos a otras damas presentes, bailando con ellas cuando llegó el momento.

Porque también hubo un baile con una orquesta de músicos que llegó un momento después.

Pero se vengaría.

De pronto uno de esos caballeros galantes se acercó y la invitó a bailar.

Sophie no deseaba hacerlo porque estaba agotada, pero aceptó sólo para hacer rabiar a su esposo. Sabía que era de naturaleza celosa y no lo resistiría.

No se equivocó, porque poco después apareció su marido, loco de celos pidiendo la próxima pieza. Ante su mirada furibunda, el caballero que bailaba con ella se alejó rápidamente, asustado.

Bailaron y giraron siendo el centro de las miradas, ese baile prohibido en Londres y en algunos otros lugares llamado vals. Él la miraba furioso sin decir palabra y de pronto se acercó a su cuello y le murmuró:

—No vuelva a bailar un vals con un extraño lady Sophie, no lo haga.

Ella lo miró desafiante.

—Es sólo un baile milord, nada más que eso—le respondió.

Estaba furioso, loco de celos y comprendió que no había cosa que le molestara más que un caballero se acercara a ella para bailar o conversar. ¿Pero por qué celaba a una mujer que no amaba? Era muy extraño.

No quiso seguir bailando, estaba cansada.

Sir Thomas la acompañó hasta el salón como un marido amoroso.

—¿Te sientes bien, querida? —preguntó.

—Sí, algo cansada.

Se miraron un instante, luego él se alejó y fue atrapado por una dama de cabello oscuro muy voluptuosa.

Al anochecer mientras una doncella la peinaba y se preparaba para irse a dormir apareció su esposo y la criada se marchó rápidamente. Sophie se sonrojó y su corazón latió muy aprisa. ¿Acaso había olvidado que tenía la regla?

Él vio que estaba asustada y se acercó y contempló su cuerpo rollizo y tentador.

—Bueno, cumplí mi promesa, me casé con usted... Ahora usted cumplirá la suya. —dijo llevándola lentamente hacia la cama.

—No puede hacerme el amor hoy sir Thomas, ¿acaso ha olvidado que estoy indispuesta? —le dijo.

No, no lo había olvidado.

—Muy bien, usted gana, le daré dos días para que se recupere lady Windsbrough.

—¿Dos días? Mi regla dura cinco milores.

—¿De veras? Para mí dos días serán suficientes.

Sophie enrojeció furiosa. No imaginaba que ninguna mujer tuviera un marido tan desconsiderado, la regla era un asunto incómodo y sagrado. ¿Es que no podía esperar el tiempo necesario?

Lentamente se tendió en la cama, ese día no soportaría un disgusto más, estaba exhausta.

CAPÍTULO 7

MANFRED PLACE SIEMPRE recibía invitados, al parecer su marido era muy sociable y le gustaba mucho organizar partidas de caza y reunirse con sus amigos a beber oporto luego del almuerzo, jugar a las cartas...

Y ella debía quedarse conversando con las esposas de sus amigos, damas remilgadas que fingían cortesía pero que no eran divertidas en absoluto.

Su mirada lo buscaba con ansiedad. No soportaba que cierta dama se le acercara muy a menudo, lady Helen se llamaba y era viuda. Una vieja amiga, dijo cierta dama mirando a otra con expresión cómplice.

Durante la cena su esposo la miró a través de la mesa llena de invitados. Nunca estaban a solas, pero algo le decía que esa noche no la dejaría dormir.

Y no se equivocó pues mientras su doncella la ayudaba a cambiarse el vestido y colocarse un vestido ligero vio a sir Thomas acercarse a ella, sigiloso como un gato.

Sus ojos estaban llenos de deseo salvaje y cuando la doncella se marchó la atrapó entre sus brazos y comenzó a besarla con ardor mientras sus manos recorrían su cuerpo y buscaban la forma de liberarla de ese vestido.

Besó sus pechos y luego su vientre deleitándose con su sexo respondiendo a sus lamidas continuas y feroces. Nunca dejaría de hacerlo y ya no le parecía tan horrible como la primera vez, sino que lo disfrutaba.

Pero sin embargo notó cierta resistrencia en su esposa cuando se desnudó y estaba listo para poseerla.

—Usted no me ama—lo acusó.

Él la miró perplejo al ver que se resistía a ser suya cuando momentos antes había gemido con sus caricias.

—No le daré un hijo hasta que diga que me ame—continuó desafiante.

Sir Thomas se impacientó y la atrapó.

—Déjese de tonterías, creí que había usted madurada lady Sophie, se comporta como chiquilla consentida.

—¿Cree que el amor es un capricho, sir Thomas? —insistió ella.

—A veces lo es, su amor repentino por George es la prueba de ello ¿no cree?

Sophie enrojeció sabiendo que había sido atrapada en su propia trama.

—Y en cuanto a usted, sabe que no puede negarse a mí y me dará todos los hijos que yo pueda hacerle lady Sophie, es mi esposa ahora y sabe bien cuáles son sus deberes—le advirtió tendiéndola en la cama listo para hundir su daga en su vientre estrecho.

Forcejearon y ella quiso escapar de la cama, pero él no se lo permitió. Oh, no escaparía de complacerle esa noche y luego le engendraría un hijo.

Sophie lloró al sentir su miembro inmenso invadiéndola, rozándola, estaba furiosa con ese hombre, lo odiaba y no le daría un hijo ni disfrutaría sus encuentros. No hasta que la amara.

Thomas hundió aún más su vara en ella y la posesión fue más fuerte, cada vez más hasta que estalló en placer inundándola con su simiente.

Y atrapándola con el peso de su cuerpo no la dejó escapar, era suya y le pertenecía, toda ella... Su amada novia fugitiva.

Ella lo miró furiosa y él le habló.

—Eso no debió ocurrir preciosa, usted debió entregarse a mí. No vuelva a resistirse porque juro que me obligará a dejarla amarrada a esa cama hasta dejarla encinta, ¿comprende?

Sophie se estremeció, era un demonio y cumpliría sus amenazas.

—Usted me odia sir Thomas, siempre me ha odiado, no comprendo por qué se ha casado conmigo.

El conde la miró con intensidad.

—Porque la forcé y porque no soy un caballero tan ruin como me cree lady Sophie—fue su respuesta.

La joven dejó escapar un suspiro y le dio la espalda mientras lloraba. No la abrazó como debió hacerlo, sino que suspiró, que niña tonta era, ¿es que no podía ver que estaba loco por ella? Pero no se lo diría, nunca le diría cuanto la amaba, prefería que creyera lo contrario.

—Lady Sophie, teníamos un trato ¿lo ha olvidado? Me casé con usted para salvarla de la deshonra y su parte del trato es entregarse a mí sin resistirse las veces que yo lo deseé—insistió luego.

Ella secó sus lágrimas y lo miró con rabia.

—Hasta que quede encinta, luego me dejará en paz supongo—dijo.

—Oh, sabe que nunca la dejaré en paz, preciosa—le respondió sir Thomas besándola despacio.

Esa noche no podría escapar, volvería a hacerlo, nunca quedaba satisfecho una sola vez.

Sophie soportó todo sin resistirse, pero por dentro ardía de rabia y dolor. Ese hombre había dejado huellas en su piel, le había arrebatado su virtud esa noche terrible y ella no había podido olvidar la sensación de que aún la amaba.

Pero se había equivocado, luego de casarse con ella le había dicho que nunca más podría quererla.

Cuando todo terminó él la mantuvo atrapada entre sus brazos acariciando su cabello despacio.

—Espero que un día disfrute de estos encuentros preciosa, tiene usted un cuerpo hecho para el amor—dijo de pronto.

—Eso no ocurrirá—fue su respuesta.

—Oh, claro que lo hará, sólo necesita tiempo, además sospecho que usted insiste en mostrarse ofendida y fría conmigo, pero en una ocasión usted gimió con mis caricias—le recordó él.

Ella lo miró furiosa. No volvería a ocurrir, no disfrutaría de sus encuentros.

—Mi obligación es entregarme a usted, no disfrutar de sus caricias—dijo Sophie.

Thomas sonrió.

—Oh, sí disfrutará, yo la obligaré a hacerlo, no podrá usted resistirse mucho tiempo mi preciosa esposa...—le susurró y acarició sus senos despacio y luego los besó apretándolos contra su boca.

Sabía cómo enloquecerla y lo haría, pero esa noche la dejaría descansar. Estaba furiosa porque no le decía que la amaba... ¿Por qué diablos querría que la amara?

Sophie se estremeció con sus besos, pero estaba exhausta y se durmió poco después, atrapada entre sus brazos como ocurría siempre.

A LA MAÑANA SIGUIENTE tuvieron la primera riña marital.

Fue inevitable.

El día estaba hermoso, radiante y Sophie quería visitar a su madre. Luego de la boda su marido no la había invitado y sabía que lady Catherine era orgullosa y jamás iría a una casa sin recibir la correspondiente invitación.

Se vistió con un traje cerrado en el cuello y la doncella acomodó sus rulos en un moño alto, dejando caer uno en un costado. Estaba hermosa y radiante, contenta de poder salir de Manfred.

Todos los días había invitados y empezaba a hartarse de tener que distraer a las esposas de sus amigos, ese día lo dedicaría a salir.

Cuando llegaba a la puerta sin embargo el mayordomo la detuvo.

—Lady Windsbrough, aguarde por favor, no puede usted marcharse, el señor todavía no ha regresado de recorrer sus propiedades—dijo visiblemente incómodo.

Ella se detuvo y lo miró sorprendida.

—Bueno, dígale que regresaré pronto, debo visitar a mi madre a Garland—explicó.

Pero la puerta estaba cerrada y el mayordomo no hizo movimiento alguno para abrirla.

Maldición, no podía ser, no era una cautiva, era lady Windsbrough y si deseaba visitar a su madre lo haría.

—Disculpe lady Windsbrough, pero su marido ha dicho que... Debe usted aguardar su regreso. Lo ha ordenado, le pido mil disculpas.

Sophie se retiró vencida, no podría salir hasta el regreso del amo de la mansión y furiosa se quedó esperándole en el comedor.

Una hora después regresó y sus pasos impetuosos y fuertes se oyeron en toda la sala.

A juzgar por su expresión estaba muy al corriente de su intento de fuga matutina.

—Buenos días lady Sophie—dijo y la visión de su hermosa esposa lo dejó atontado unos segundos.

—Buenos días sir Thomas, pensé en visitar a mi madre y al hacerlo el mayordomo lo impidió.

Él sonrió al verla tan furiosa y desconcertada.

—El señor Robertson sólo cumplía mis órdenes esposa mía.

Ella abandonó la poltrona furiosa.

—¿Es que no puedo ver a mi madre, visitarla cuando me plazca? ¿Das órdenes a tus criados de que me retengan como si fuera tu prisionera?

—Oh, no querida, no digas eso por favor. No es verdad. Pero eres una condesa y no puedes abandonar Manfred sin mi compañía. Es nuestra costumbre. Todas las esposas lo han aceptado en el pasado.

—¿Entonces todos los condes han mantenido encerradas a sus mujeres en la mansión?

—Bueno, eran otros tiempos y las esposas de mis ancestros se sentían muy felices en la mansión para desear siquiera escapar unas horas. Todas fueron muy prolíficas y cada vez que se levantaban de la cama estaban preñadas así que no sentían deseos de correr a ver a sus familiares.

—Pero yo no estoy preñada, sir Thomas.

—Pido al señor que lo estés pronto querida, tal vez un niño la haga madurar y frene un poco esa inquietud por dar paseos a toda hora.

—¿Entonces no permitirás que vea a mi madre nunca más?

—La visitará en mi compañía, cuando yo lo decida. Esta tarde saldremos, un tío mío nos espera para cenar.

Ella regresó a su cuarto furiosa. No podía ser, era una prisionera en esa mansión. Todas las damas casadas salían en las mañanas, o en la tarde, sin la latosa compañía de sus maridos. ¿Por qué diablos ella no podía hacerlo?

No había ninguna razón aparente, o tal vez sí. Lo hacía para fastidiarla.

Llamó a su doncella y le pidió que le quitara ese vestido, ese día no saldría.

Thomas apareció en el umbral de la habitación para quitarse el gorro y la chaqueta de montar.

Sus ojos la miraron con creciente deseo. Le gustaba hacerla rabiar, sus mejillas quedaban encendidas y se volvía aún más hermosa.

La doncella se marchó rápidamente y ella se quedó sin vestido, con una camisa de seda pegada al cuerpo, totalmente indefensa.

Sus ojos lo miraron con desesperación mientras se acercaba. Sabía que lo haría y no podría evitarlo.

—¿Recuerda lo que le dije, preciosa? —dijo atrapándola entre sus brazos y besando su cuello.

—¿Qué dijo usted? —preguntó ella nerviosa.

—Si se resiste a mis brazos la dejaré amarrada a la cama—dijo.

Ella lo miró asustada y excitada. Él la había desnudado despacio y se deleitaba mirando su cuerpo, imaginando lo que le haría.

Pero no tendría prisa.

Cerró la puerta con llave y regresó a su lado, desnudándose lentamente.

Sophie había vuelto a cubrirse con su camisa y quería escapar.

—Ahora no por favor...

—Oh, ahora sí... Tengo que cumplir con mis deberes con este señorío, quiero que me dé un hijo muy pronto esposa mía y no lo hará si yo desperdicio una oportunidad como esta. No se resista, quiero que disfrute este momento.

No, no disfrutaría nada, acababa de impedirle ver a su madre, era un hombre odioso.

Thomas atrapó su cuerpo pequeño y rollizo, perfecto para él y besó sus senos hasta enloquecerla y siguió más allá, ansiando deleitarse con el sabor de su femineidad, oh, nunca podría saciarse lo suficiente.

Ella sintió como su boca la succionaba por completo ejerciendo presión sobre una parte de su pubis muy sensible. Quiso apartarlo, era una tortura espantosa, pero él dijo que ataría sus manos si volvía a apartarlo. Sophie gimió y luego creyó enloquecer cuando su lengua húmeda e inmensa volvía a lamerla y su boca hacía presión como si quisiera devorarla por entero.

Oh, era una sensación maravillosa, y de pronto su cuerpo estalló de placer y cayó exhausta.

Pero los juegos recién comenzaban y él quería mucho más de su preciosa esposa.

Hacía tiempo que soñaba con sentir esos labios llenos besando su miembro y lentamente la atrajo hacia él, primero con caricias suaves y luego, ella lo rozó con sus labios con cierta timidez. Era tan suave y pudo sentir el olor dulzón desprenderse de la punta de su vara y quiso lamerlo y lo hizo, hasta que lo atrapó en sus labios y en su boca sin pensar en nada, empujada por el éxtasis del momento.

Thomas gimió ante tan ardiente caricia y la tendió de lado, abriendo sus piernas.

Sophie quedó algo desconcertada sin saber lo que ocurría hasta que sintió su lengua recorriendo su rincón, atacándola con ferocidad. Oh, era maravilloso, dar y recibir placer al mismo tiempo, gimió pensando que estallaría de nuevo. Thomas la tenía atrapada sujetando sus piernas hundiéndose cada vez más en su pubis como si nunca pudiera saciarse mientras rozaba lentamente su miembro en su boca.

Pero debía controlarse, no podía esperar un minuto más, esa mujer lo enloquecía y cuando Sophie estalló en placer la tendió de lado y hundió su daga en ella con una fuerza arrolladora mientras besaba y apretaba sus senos y comenzaba el roce fuerte y despiadado. OH, lo deseaba tanto, estaba dentro de ella y su inmenso miembro la llenaba y apretaba causándole molestia y placer al mismo tiempo.

Thomas estalló y la atrapó sintiendo un éxtasis tan intenso que se desmayaría en esos momentos.

Sophie lo abrazó y sintió como su vientre se contorsionaba y apretaba su miembro de forma rítmica y todo su cuerpo se llenaba de un placer nuevo.

—Oh Thomas —gimió y él no se detuvo al sentir que había enloquecido a su esposa.

Sabía que ocurriría, era dulce y apasionada, mucho más ardiente de lo que jamás había imaginado.

La estrechó contra su pecho y besó con ternura y suavidad, era hermosa y perfecta para él. Ella lo miró de forma extraña y él la besó despacio. Oh, amaba a ese hombre, lo amaba con toda su alma... No sabía cómo había ocurrido, pero adoraba estar entre sus brazos y sentir sus caricias. La había tomado como un vándalo y con un feroz asalto la había convertido en mujer, anhelando sus besos y esa boca que la enloquecía por completo.

Y él también la amaba y no quería que ese momento terminara, se quedaría en su cama hasta la noche, nadie los molestaría... Pero tenía invitados, maldición, debían presentarse a la hora del almuerzo.

Sophie se acurrucó y se durmió entre sus brazos y él la vio dormida sabiendo que amaba cada rincón de su cuerpo, y con toda su alma... Era suya, él la había despertado al éxtasis. Y nunca la dejaría ir...

Temía perderla, su abandono del pasado lo había marcado y cuando ese día supo que planeaba visitar a su madre enloqueció de celos. Pero era su esposa, no se iría de Manfred Place, no lo haría y sin embargo... Nunca la dejaría salir sin su compañía.

CAPÍTULO 8

EL INVIERNO LLEGÓ Y terminó de dejarlos aislados, la nieve dejó intransitables los caminos y las amistades dejaron de visitar la mansión.

Thomas le confesó que rara vez pasaba un invierno en Manfred luego de casarse sus hermanas y morir su madre el lugar se había vuelto solitario.

Por primera vez estuvieron solos y la única comunicación con el mundo exterior eran las cartas que llegaban de vez en cuando.

Y al estar solos debieron contar con su compañía y acercarse.

Era un día gris y muy oscuro y se encontraban almorzando en el comedor a la luz de las velas cuando comenzaron a hablar del pasado.

—¿Por qué nunca se casó sir Thomas? —quiso saber Sophie.

—No desee hacerlo.

—¿Y no pensaba casarse nunca?

Él sonrió de forma extraña.

—Tal vez sólo aguardaba su regreso lady Sophie.

—¿Y esa carta que me enseñó?... ¿Cómo supo usted que mi hermana...?

—Su hermana siempre fue una coqueta y se rumoreaba que todavía flirteaba con ese oficial. Pero debo confesarle algo preciosa: la carta era falsa.

Esa revelación hizo que se sonrojara. No podía ser.

—¿Entonces usted me atrajo aquí con una carta falsa? ¿Pero cómo supo su letra, cómo lo hizo?

—Fue de casualidad, un día una doncella encontró una caja con cartas de mi hermana Mary Anne, ella y su hermana era muy amigas en otros tiempos, lo recordará usted... Y mi hermana quería que me fijara en Mary Anne, pero yo la escogí a usted, la más pequeña de las señoritas Bradley y su hermana se enfureció... En fin, pensé en enviarle esas cartas a mi hermana y un día las leí... Su hermana estaba muy entusiasmada con cierto oficial guapo pero insignificante. Eso me dio la idea y luego, la letra de su hermana es muy fácil de imitar ¿sabe?

—¿Y usted planeó seducirme y abandonarme no es así? —Sophie había enrojecido.

—Se convirtió usted en una mujer voluptuosa y hermosa lady Sophie, y cuando la vi en el pueblo, cuando supe de su regreso fui a verla... Durante semanas la seguí y la observé sin que usted lo notara y mi odio se convirtió en un deseo apremiante. Por eso le escribí esas cartas, planeé atraerla a mi guarida. Y luego de someterla a mis deseos me sentí insatisfecho, usted no escaparía para casarse con ese párroco insignificante, era mía, debió ser mi esposa...

—Y yo caí en su trampa como una tonta.

—Y ahora está atrapada en mi mansión y en mi cama esposa mía.

Ella guardó silencio.

—¿Usted todavía me odia por haberle abandonado, sir Thomas? —preguntó entonces

El caballero no le respondió, era un hombre reservado que no confiaba en ella y tal vez nunca lo haría, pero ante su insistencia habló.

—No, no la odio Sophie. Nunca la odié, a decir verdad.

—Pero todo lo que hizo... La carta falsa, su trampa... Usted tramó una feroz venganza.

—Es verdad—confesó—Lo planeé, pero luego de tenerla entre mis brazos descubrí que no quería vengarme, sólo atraparla en mi cama para siempre lady Sophie, y el casamiento fue la solución más honorable.

Hablaba con sinceridad, pero ella no quería escuchar que la deseaba, quería tener la certeza de que la amaba. Sus encuentros eran tan ardientes y ella jamás podía resistirse a sus brazos, pero esa noche lo hizo.

—Sir Thomas, esta noche no, me duele la cabeza—mintió.

Él la miró con intensidad, su vestido libero marcaba sus formas y le tentaba como un demonio.

—Luego se sentirá mejor lady Sophie—dijo sin rendirse mientras comenzaba a besarla despacio. Un beso suave y luego su lengua hambrienta saboreando su boca, llenándola de un deseo intenso. No... Debía resistir.

—No, por favor, no me siento bien—susurró, pero él la atrapó por detrás y besó su cuello acariciando sus senos con sus grandes manos mientras rozaba su vara contra sus nalgas hinchadas.

Sus caricias se extendieron a su pubis y ella respondía a sus caricias y el suspiró al notar que estaba húmeda ansiosa de recibirle. Pero la mantuvo de espaldas introduciendo un dedo lentamente rozando su interior con suavidad. Sophie se arqueó ante la nueva caricia y dejó que la tendiera de espaldas y levantara su vestido y la lamiera por detrás. Oh, ¿qué estaba haciendo? Un nuevo juego perverso y ella quería saber... El dedo fue reemplazado por su daga inmensa, mucho más dura y fuerte en esa posición extraña.

No se detuvo hasta hacerla estallar, pero él no lo haría todavía, disfrutaría al sentir su presión rítmica en su miembro.

Ella se tendió exhausta, pero él se sentía insatisfecho y al ver sus preciosas nalgas hinchadas las besó y lamió arrancándole nuevos suspiros.

—No, ¿qué hace usted? —se quejó al comprender que pretendía introducir su vara en ese lugar. Nunca lo había hecho.

Estaba agitada y desconcertada y el hálito de su pubis excitó sus sentidos y su boca la atrapó de nuevo lamiéndola con avidez una y otra vez de forma rítmica provocando que estallara por segunda vez.

—Oh, no haga eso por favor, deténgase—gimió, pero él tenía atrapada sus caderas y no permitió que lo sacara de su rincón favorito.

Era tan dulce y deliciosa, nunca había saboreado femineidad más exquisita.

Y cuando consiguió su rendición recordó ese deseo insatisfecho, ese juego diferente y la tendió boca abajo con suavidad.

—Entraré en ti preciosa, si te causa molestia me lo dirás—dijo.

Ella estaba desconcertada pero demasiado rendida y excitada para negarse, todo su cuerpo respondía a ese hombre y no demoró en abrirse camino entre sus nalgas con cierta dificultad hasta que su vara entró totalmente en ese rincón inexplorado. Al principio fue algo extraño y doloroso, pero lo soportó todo para complacerle, sabía cuánto lo deseaba.

—Despacio por favor—le rogó.

—Tranquila mi amor, relájate, ábrete a mí—le susurró él al oído mientras apretaba sus nalgas y la rozaba despacio.

Ahora era suya por completo, tan suya... Oh, amaba a esa mujer hermosa y voluptuosa, y el placer de hacerla suya cada noche era embriagador.

Sophie disfrutó de esa nueva experiencia y Thomas gimió mientras estallaba en un placer intenso y sublime.

Era un demonio, le había quitado el falso dolor de cabeza y la había arrastrado a un placer embriagador.

Pero no le había dicho que la amaba, y Sophie le guardaba rencor por ello y estaba decidida a arrancarle esa confesión a cualquier precio.

Un mes después supo que estaba encinta pero no se lo dijo, no hasta que le dijera "te amo Sophie".

Y mientras esperaba la ocasión para decirle él aceptó acompañarle a visitar a su madre, a pesar del frío. Ella aceptó encantada.

Lady Catherine casi se infarta. Su hija estaba preciosa, con un vestido hermoso y con una gargantilla de rubíes en su cuello y en su muñeca. Debían ser las joyas de las condesas de Windsbrough.

—Oh querida... —la besó emocionada y luego saludó a sir Thomas con algo de reserva.

Se había casado con su hija en secreto, pero antes la había raptado y no quería ni saber qué había ocurrido esos días. Todos comentaron lo ocurrido en el condado, pero como se trataba de un heredero codiciado el asunto quedó olvidado rápidamente.

Pero ella debió dar explicaciones al reverendo William y no fue nada fácil, por cierto. Nunca lo había visto tan desesperado.

Porque Sophie desapareció una tarde sin decir a dónde iba y a la mañana siguiente recibió una carta de sir Thomas diciendo que su hija estaba en Manfred indispuesta por un malestar y se quedaría unos días.

Cuando recibió otra avisándole de sus planes de casarse con ella la dama se indignó. Debió ir a Garland a hablar con ella, pedir su mano, hablar de sus planes.

Pero sir Thomas había obviado el asunto y peor aún, ni siquiera la había invitado y su hija se casó con prisa una semana después, en Londres.

Todo había sido muy irregular, inapropiado... Pero al menos se habían casado, su hija lucía un bonito anillo y en los diarios salió una foto de los novios y su boda "secreta" en Londres. A lady Catherine no le agradaban las bodas secretas ni las prisas.

Sir Thomas se mostró algo frío y distante mientras permanecieron en su casa, no hacía más que mirar a su alrededor disgustado, siguiendo a su esposa con la mirada a donde quisiera que fuera.

Afortunadamente llegaron sus hijas para almorzar, acompañadas de sus maridos y el ambiente "enrarecido" desapareció y el conde de Windsbrough se alejó con los caballeros para participar de una improvisada cacería.

Todas sus hermanas se acercaron para felicitarla y reprocharle que todavía no las hubiera invitado a Manfred Place, pero no estaban enojadas... Ahora querían acercarse, su pequeña y tonta hermana había hecho una boda estupenda y su pecado había quedado olvidado en el pasado. Ahora era la condesa de Windsbrough.

Sophie prometió invitarlas en unas semanas, hablaría con su esposo.

—Oh, qué maravillosa historia de amor, casarse después de cuatro años... Y no nos contaste nada—le reprochó Theresa.

No, no lo había hecho. Todo había sido tan inesperado...

—Sir Thomas siempre estuvo muy enamorado de ti Sophie y al parecer no te olvidó—opinó Mary, su hermana del medio.

—Es verdad—continuó Theresa—Ninguna pudo atraparle, y eso que varias lo intentaron, pero él despreció a las más bellas señoritas del condado. Dijo que nunca se casaría y durante un tiempo se mantuvo alejado de las fiestas, tal vez harto de ser perseguido por las damitas casaderas.

Salieron a los jardines y tuvo oportunidad de conversar con su madre, ella le habló del reverendo. Sophie se estremeció.

—Oh, madre yo le escribí una carta explicándole, tal vez no le llegó...

—Fue una huida escandalosa y tremenda Sophie, todos lo supieron.

—Lo sé madre, lo lamento.

—Bueno, al menos esta vez huiste con un lord y no con ese jovencito tonto y pobre. Eso al menos me dio una satisfacción. Oh, Sophie eres la esposa de un rico heredero, lo que siempre soñé para ti. Pero ¿eres feliz? —preguntó su madre algo preocupada.

Ella asintió ruborizándose, pensando que habría sido más feliz si pudiera sentirse segura de su amor.

—¿Y es un esposo bueno y respetuoso? —quiso saber lady Catherine pues había llegado a sus oídos hacía tiempo que sir Thomas tenía una amante viuda y no pensaba casarse con ella. Lo llamaban el libertino de Windsbrough y sabía que esa fama la tendría bien ganada, por cierto.

Su hija se detuvo y la miró.

—Sí, madre, es un buen esposo.

Lady Catherine intuyó que le ocultaba algo.

—Sin embargo, te mantuvo encerrada en su propiedad en vez de traerte a tu casa esa noche, y no nos invitó a la fiesta de bodas en

Manfred Place. Oh, sí, supe que invitó a sus parientes amigos y todos comentaron nuestra ausencia creyendo que no habíamos querido asistir. Por supuesto que eso era mentira. —ahora lady Catherine se mostraba resentida mirando a su yerno a la distancia, viendo correr como endemoniado con otros caballeros.

—Madre, lo lamento... Pero él estaba disgustado porque me había prometido al reverendo y creyó que ustedes se opondrían.

—Bueno, debo admitir que me extrañó mucho que luego de prometerte con el reverendo te casaras a prisa con ese lord.

Su madre nunca lo entendería ni ella podría confesarle lo ocurrido, se habría horrorizado. Mejor que creyera que había sido "otra fuga romántica" de esa joven insensata.

Thomas regresó con el grupo para el almuerzo, su mirada la buscó y la encontró hablando con un joven a quien no conocía. Sus ojos echaban chispas por los celos, no soportaba que ningún hombre se le acercara siquiera para conversar con ella.

Sophie lo vio y sonrió, pero Thomas no sonreía, miraba a ese joven como si deseara matarle.

La reunión perdió su encanto, su esposo sólo se animó cuando se marcharon a media tarde.

—Bueno, ahora su madre estará complacida y sus parientes también lady Windsbrough—dijo sombrío durante el viaje de regreso.

—No les invitó usted a la boda, mi madre se ofendió y mis hermanas preguntaron... El reverendo William fue a buscarme, a saber, lo ocurrido—estalló Sophie.

—Oh, sí su pobre enamorado párroco... Se habría divertido mucho en su compañía, no lo dudo.

—Sir Thomas, es mi familia. Debe usted invitarlos a Manfred place.

—Lo haré más adelante, en realidad no me agrada dar fiestas ¿sabe? He disfrutado más al raptarla y estar a solas con usted que antes que tenía la casa llena de invitados.

Sophie nunca entendería por qué demonios no la dejaba salir sola, por qué debía contar con su autorización. Todas las damas casadas tenían libertad de salir solas excepto ella.

Sin embargo, había ciertas miradas intensas de Thomas hacia ella que Sophie no percibía. El odio que tanto había perdurado esos años empezaba a enfriarse, a desaparecer sin que se diera cuenta y ahora que la tenía cerca suyo mucho más.

No era una joven caprichosa ni soberbia, solía escuchar más que hablar y sus modales eran exquisitos. Por momentos recordaba a la joven que lo había cautivado años atrás y entonces podía recordar el amor ardiente que había mantenido tanto tiempo, escondido en su odio y en su sed de venganza.

Thomas estaba rindiéndose a ese amor, por más que nunca se lo dijera. Y sus encuentros seguían siendo tan apasionados como siempre. Sólo que ahora la satisfacción llegaba mucho más rápido y ya no debía hacerle el amor tantas veces en la noche. Al despertarla, al enseñarle los caminos del goce sensual y explicarle que debía mover su pubis y seguir su movimiento había aumentado su deleite y también intensificado su placer. Se sentía orgulloso de haber sido él quien le arrancara el primer gemido y la hiciera sentir su primer orgasmo. Una compañera apasionada y enamorada era lo mejor que podía tener un hombre, y era, además, la mujer que amaba...

Sophie se entregaba a sus juegos sin resistirse, ansiosa de aprender, de experimentar nuevas sensaciones.

Sin embargo, esa noche no se sentía bien y parecía triste, y no quiso que la tocara.

—¿Qué le ocurre lady Sophie? —preguntó besando lentamente su escote.

—Oh, deténgase por favor, usted no me ama y no me entregaré a usted esta noche.

Su inesperada declaración le provocó sorpresa.

—Sabe que no puede negarse a mí...

—Bueno, puede forzarme si quiere, será una experiencia diferente y le provocará el mismo placer me temo —continuó ella desafiante.

¿Qué diablos le ocurría a su preciosa mujercita? ¿Acaso deseaba provocarle a practicar un juego nuevo?

—No sea tonta, nunca la he lastimado ni lo haría ahora. No se niegue a mí, lo desea tanto como yo... Se ha convertido en una amante tierna y apasionada.

—Pero esta noche será diferente, estoy harta de que me tome y me haga lo que quiere siempre, no me da ni un respiro —se quejó.

Tenía razón, todas las noches le hacía el amor y no la dejaba dormir hasta entrada la madrugada.

Aunque sus encuentros siempre eran distintos, apasionados, intensos...

—¿Y qué debo hacer para que ceda a mis deseos preciosa? —preguntó el caballero a su oído mientras sostenía su cintura contra su pecho fuerte.

Ella lo miró sonriente.

—Debe decirme que me ama sir Thomas, si lo hace, seré suya toda la noche.

Ese pedido era inesperado y él demoró en responderle.

—¿Usted me ama lady Sophie? —preguntó.

Esa pregunta la indignó.

—Usted sabe la respuesta sir Thomas, claro que la sabe.

—Pero nunca me lo ha dicho.

—Sí, lo amo Thomas, lo amo con toda el alma y quiero entregarme a usted sabiendo que al menos me quiere un poco y no lo hace para saciar su deseo imperioso de tenerme y dejarme encinta.

Sus palabras le provocaron una emoción intensa. Ahora entendía muchas cosas, el por qué respondía a sus caricias y lo abrazaba y besaba no sólo en sus momentos íntimos. Lo sabía, hacía tiempo que lo sabía, pero el miedo había impedido que meditara en el asunto con calma.

La atrajo despacio y la besó una y otra vez con ardor.

—¿No me lo dirá, no me ama usted ni un poco? —preguntó.

Él la llevó a la cama y comenzó a desnudarla, a llenarla de caricias sin que pudiera resistirse más tiempo, siempre era así. Sólo que esta vez la posesión feroz fue más rápida, como si temiera que ella se negara. No pudo escapar ni lo intentó, su miembro entró con ferocidad arrancándole un gemido, llenándola de nuevo, feroz, hambriento, ansioso de poseerla, de entrar en su cuerpo y fundirse en él, rozándola una y otra vez con un ritmo loco y violento sin detenerse hasta hacerla estremecer de placer, sin detenerse hasta obtener su satisfacción.

Su piel ardía, su corazón latía sin control y en el momento de éxtasis la abrazó con ternura y besó sus labios y la miró. Oh, ella lo amaba, se lo había dicho, y podía sentirlo en sus brazos, en la forma en que se rendía a él.

Pero su preciosa esposa lloraba, y no derramaba lágrimas de emoción, estaba triste y luego estalló en sollozos pensando que él no la amaba y nunca lo amaría. Que nunca le perdonaría su abandono del pasado...

—Tranquila Sophie, ¿qué tienes preciosa? ¿Por qué lloras? —preguntó Thomas acariciando sus mejillas desconcertado.

Ella no respondió y se tendió en la cama, herida y furiosa, y él la dejó en ese estado y pensó que debía ser un berrinche de su mujercita. En ocasiones se volvía muy infantil.

La cubrió con la manta y con su cuerpo, oh, se dormiría en sus brazos como siempre lo hacía, no aceptaría que fuera diferente. Sophie secó sus lágrimas y se durmió poco después sintiendo el calor de ese pecho fuerte y apasionado.

CAPÍTULO 9

PERO SU TRISTEZA PERDURÓ, estaba encinta y todo la afectaba. Estaba furiosa con sir Thomas, herida, a decir verdad. Su mente era un torbellino de emociones. Amaba a ese hombre y sabía que nunca había estado enamorada en su vida. Sus sentimientos por George no podían compararse, no habían sido más que un capricho de juventud. A Thomas lo adoraba, lo amaba con locura y pasión y lo que más la hería era saber que él no la correspondía.

No le alcanzaban sus caricias ardientes, ni sus miradas ni esos pequeños gestos de cariño que era incapaz de percibir. Sólo quería oír las palabras mágicas de "te amo" y sentirse segura de su amor.

Y como era impulsiva y estaba furiosa elaboró un plan para tener lo que deseaba.

Sabía que había algo que Thomas no soportaría y mientras se bañaba hizo planes para ese día.

Era un día radiante de primavera y sabía que habría muchos invitados a Manfred pues era el cumpleaños de su esposo y aunque rara vez festejaba ese día cambió de opinión.

Sophie lo felicitó y él la abrazó con fuerza sin notar que la tristeza de la otra noche perduraba en su alma y estaba herida por su indiferencia a su declaración de amor.

Disperso por la llegada de invitados y parientes desde muy lejos, se alejó de ella y participó en una partida de caza en la mañana y en la tarde salieron todos a pescar al estanque con peces en el corazón de la pradera de Manfred.

Sophie lo acompañó y el no notó su ausencia hasta media tarde, cuando al buscarla con la mirada no la encontró en los jardines ni en el salón.

Llamó a su doncella y le preguntó por lady Windsbrough, levemente inquieto.

—Iré a ver en su habitación, lord Windsbrough—respondió la doncella asustada.

Tuvo un mal presentimiento, había visto a llorar a lady Sophie esa mañana y no dijo nada al respecto.

No estaba en su habitación y al informarle al amo de la mansión este interrogó a sus sirvientes.

Nadie la había visto, ese día no llegaban de llegar invitados y los criados habían estado muy atareados cocinando unos, sirviendo otros, atendiendo un sinfín de abrigos, sombreros... Guiando a los recién llegados hasta el salón.

La puerta se abría y cerraba sin cesar. Y lady Sophie debió aprovechar la ocasión para escaparse. Lo había hecho.

En medio de una fiesta, frente a todos sus invitados. No podía creerlo.

Al principio la buscó en los jardines, recorrió sus propiedades y hasta temió que se hubiera acercado al estanque y sufrido un accidente.

Los invitados se marcharon incómodos, excepto sus amigos más leales quienes se ofrecieron a ayudarle.

¿Dónde pudo ir su esposa? Se preguntó y tuvo la sensación de que estaba reviviendo una antigua pesadilla. Lo que más había temido volvía a ocurrir: ella lo había abandonado. Y lo había hecho luego de decirle que lo amaba. ¿Entonces era mentira? ¿O acaso había cambiado de idea como cuando abandonó a su primer marido sólo porque no quería entregarse a sus brazos?

Su furia crecía a medida que pasaban las horas y Sophie no aparecía.

Caía la noche cuando llegó a Garland Manor.

No creía que fuera a refugiarse allí pero tal vez su madre supiera algo.

Lady Catherine recibió al caballero con la más genuina expresión de terror. Los ojos azules de su yerno echaban chispas y si fueran capaces de matar bueno ella habría caído muerta a sus pies.

—Lamento decirle que su hija desapareció de Manfred lady Bradley—dijo en tono helado.

—Oh, sir Thomas... Cálmese usted, ella vino a visitarme y luego tuvo un malestar y se desmayó. No fue nada grave, es por su estado.

—¿Su estado? —repitió él un poco menos furioso al saber que su esposa estaba sana y salva en Garland.

—Oh, ¿no lo sabía usted sir Thomas? —dijo la dama enrojeciendo.

—¿Y qué es lo que debo saber, lady Catherine? —respondió él.

—Sophie está encinta sir Thomas, tiene muy poco tiempo por supuesto, o eso me dijo. Y cuando sufrió ese desmayo yo me angustié mucho y ella me dijo que era normal, que había tenido mareos hacía días.

La rabia de sir Thomas se evaporó, encinta, esperaba un hijo suyo... Pero no se lo había dicho, su suegra lo sabía antes que él y se había marchado el día de su cumpleaños sin decir nada a nadie.

—¿Dónde está Sophie, lady Catherine? Lléveme con ella por favor.

La dama vaciló, pero el tono de voz de su yerno no admitía réplica y ella misma lo guio hasta la habitación de planta baja donde dormía Sophie. Se quedó observando la escena a cierta distancia hasta que sir Thomas la descubrió y le rogó que lo dejara a solas con su esposa.

Lady Catherine obedeció.

El conde se quedó mirando a la joven dormida en la habitación. Estaba algo pálida y parecía una doncella rubia y desamparada, triste... La había notado así hacía unos días y se preguntó si sería por el embarazo, algunas damas no toleraban bien quedar encintas, aunque ella nunca se había negado a sus brazos.

Sin poder resistirlo tocó su cabello y acarició su mejilla.

Sophie despertó entonces y lo vio parado frente a ella mirándola de forma extraña.

—Escapó usted sin avisar el día de mi cumpleaños lady Windsbrough—la acusó—¿Puede explicarme por qué lo hizo estando en estado tan delicado? No lo niegue, su madre acaba de decírmelo.

Ella no parecía arrepentida, sus ojos lo miraban con expresión traviesa y divertida.

—Quería ver a mi madre y creí que no me echaría en menos. Sólo sería un momento, pero comencé a sentirme mal y luego... Me quedé dormida.

Se hizo un incómodo silencio.

—Huyó usted, lo hizo, no finja que planeó hacer una visita el día de mi cumpleaños, con los invitados... Me dejó en ridículo y me ha hecho pasar nervios innecesariamente. Y no finja que lo hizo sin ninguna razón porque no le creo.

—Lo lamento, sólo iba a ausentarme unas horas, creí que nadie lo notaría...

—Usted no puede hacer eso y menos ahora... ¿Acaso nunca me diría que estaba encinta?

—Iba a esperar, es muy reciente y temí que... No lo hice adrede, dejé de mirarme así por favor—Sophie volvió a llorar y su marido se sintió acorralado.

—Está bien, disculpe, no estoy enojado con usted (estaba furioso) sólo preocupado, cálmese, no debe alterarse en su estado.

De pronto tuvo un impulso y la abrazó.

—Tranquila, no tema... Todo saldrá bien. Debemos irnos ahora preciosa, no puede quedarse aquí.

Sophie secó sus lágrimas y lo miró y esa mirada triste y apasionada exorcizó su rabia. Acarició sus mejillas y la besó con desesperación.

—Nunca más vuelva a hacer lo que hizo lady Windsbrough, o juro que la dejaré encerrada hasta que nazca el niño y nunca más verá a su madre ni a sus parientes—le dijo.

Ella abandonó la cama y se puso las botas cortas de cuero. Estaba contenta al verlo tan furioso y desesperado por su causa.

Regresaron en el carruaje a Manfred, Sophie estaba a su lado, pero no dijeron palabra. Estaba furioso con su huida y no podía entender plenamente por qué lo había hecho.

Y cuando entraron en su habitación su frustración fue doble, porque no podía atarla a la cama y hacerle el amor como deseaba hacerlo para castigarla porque estaba encinta.

Pero no se saldría con la suya.

—No me ha respondido usted lady Windsbrough, ¿por qué diablos huyó como lo hizo? Y no lo niegue porque no le creeré.

Ella lo miró exhausta.

—Yo no hui sir Thomas, oh déjeme en paz, no comprendo sus nervios, usted no me ama—estalló.

—Es mi esposa maldición, y está encinta, nunca debió cometer esa locura y espero que no se atreva a hacerlo de nuevo.

Sophie no le contestó, comenzó a desnudarse despacio y se metió en la cama.

CAPÍTULO 10

LOS MALESTARES CONTINUARON y Sophie no pudo siquiera dejar la cama por los mareos y las náuseas.

Thomas fue a verla preocupado por su estado, pero con la ilusión de saber que le daría un hijo la consintió en todo pasando por alto su anterior fuga.

—Debes alimentarse querida.

—Oh, no puedo Thomas... Lo devolveré...

Lord Windsbrough llamó al médico y este recomendó un tónico para fortalecerla y una tisana para frenar las náuseas.

—Es normal, sólo que debe beber agua o podría enfermar—dijo.

Una semana después estaba recuperada y Thomas había echado mucho de menos abrazarla y hacerle el amor, pero temía dañar al niño. Su preñez era reciente y decidió aguardar un tiempo más.

Sophie también extrañaba sus caricias y una noche se acercó a él y lo besó.

Por primera vez sintió que su marido no respondía a sus besos y le extrañó.

—Preciosa, todavía no, el niño...—dijo él.

Ella comprendió y se alejó con ganas de llorar, se sintió rechazada y abandonada por completo.

—Oh no llores mi amor, sabes que me muero por hacerte el amor, pero si algo le ocurre al niño no me lo perdonaría—dijo y la tomó entre sus brazos apretándola contra su pecho como hacía siempre que le hacía el amor con tanto ardor y desenfreno.

Pero sólo quería acariciarla y consolarla, no lo animaban otras intenciones.

Sophie dejó de llorar tendida en la cama, sintiendo sus besos y caricias tiernas.

—Te amo preciosa, oh, te amo tanto—le susurró a su oído.

Ella volvió a llorar y se abalanzó sobre su esposo besándole con ardor.

—Oh Thomas, ¿lo dices en serio? —preguntó.

—¿Es que no lo sabías? ¿Crees que me habría casado contigo y te habría esperado como un tonto todo ese tiempo Sophie? Siempre te amé y cuando volví a verte decidí que serías mía. Y te hice mía, te arrebaté lo que tanto guardaste y caí en la trampa de tu cuerpo, de tu dulzura Sophie y supe que jamás te dejaría ir... Te amo, te amo y cuando ese día te fugaste creí que enloquecería, nunca más vuelvas a hacerlo preciosa. No llores por favor.

—Thomas... Nunca creí, fui tan tonta... Tómame por favor, Thomas, moriré si no me haces tuya ahora...—le rogó y se tendió sobre él desnuda, rozando su sexo con furia y desesperación.

Su vara firme estaba lista para el ataque, pero tenía miedo, maldición... Debían esperar. Sophie lo atrapó en su interior subiéndose a horcajadas como si fuera un potrillo rebelde que quisiera domar, disfrutando la doma a cada instante.

Pero lo hizo muy despacio, con movimientos suaves y rítmicos mientras el pobre, atrapado en su deliciosa pequeñez la atrapó y besó con ardor y apretó sus nalgas cuando la penetración se hizo más profunda y desesperada.

No le importaba esperar, detener el instante final y prefirió que fuera ella que le diera placer moviéndose con suavidad, rozando su miembro sin piedad.

Pero no sería tan rápido, y acarició la pequeña protuberancia de su monte, escondida en su capullo y se moría por sentir su aroma, pero no podía, ella lo tenía atrapado en su interior y lo forzaba a permanecer allí. Tampoco deseaba salir. Así que la atrapó y la besó con ardor y luego lamió sus pechos, desesperado. El éxtasis estaba próximo.

Sophie gimió y sus movimientos se hicieron más rudos e intensos, y su miembro atrapado en ella no pudo detener más el estallido húmedo de placer.

Él la inmovilizó sosteniendo sus nalgas con fuerza al tiempo que suspiraba y flotaba en una nube.

Lentamente bajó a su esposa y la llevó con suavidad a su lado.

—¿Estás bien, preciosa? —quiso saber y observó su vientre.

Sophie asintió y se acercó y lo besó.

—¡Te amo Thomas, te amo tanto! —susurró.

Él la atrapó entre sus brazos y volvió a decirle que la amaba y que la amaría siempre. Ella lo miró y sonrió y volvieron a besarse.

Dios, era la primera vez que una mujer pillaba su miembro y lo convertía en su rehén, pero su deseo por hacerle el amor era tan intenso como el suyo y no se había saciado, lo sabía. Él la había iniciado en los juegos del placer y ahora no podría detenerla.

—Duerme preciosa, descansa... el niño lo necesita—le dijo después.

Sophie se acurrucó contra su pecho, sí lo necesitaba, necesitaba dormir, el éxtasis la había dejado exhausta.

AHORA SU FELICIDAD era completa, él la amaba y ella estaba encinta y le daría un hijo y una docena de ellos como él soñaba. Nada le importaría más que eso...

Las visitas eran escasas y Thomas había hablado con sus amistades explicándoles que su esposa estaba en estado y era necesario que permaneciera quieta en cama un tiempo.

Su marido insistía en que se quedara acostada pero su vientre había crecido sin complicaciones y se sentía fuerte y saludable. Y estaba harta de la cama, era verano y quería salir a dar un paseo con Thomas.

Él llamó al médico para que la examinara y diera su aprobación.

La idea de dar una caminata lo escandalizaba y asustaba, le parecía arriesgado.

—Está bien su esposa, sir Thomas. Puede abandonar la cama y dar un paseo corto en los jardines ahora que hay buen tiempo. —dijo el doctor.

Sophie abandonó la cama feliz y se puso un vestido lila muy bonito, y fue del brazo de su esposo a recorrer ese hermoso parque.

Un cielo azul e intenso les dio la bienvenida.

Al llegar a unos bancos él insistió en detenerse.

—No nos alejaremos Sophie—dijo él.

Ella se quedó contemplando la hermosa vista del campo y los árboles extasiada. Era un lugar hermoso y pensar que pudo ser suyo tanto tiempo atrás si no hubiera huido como una tonta con ese joven.

—Oh, Thomas, lamento tanto haber escapado de usted la primera vez. Perdóname por favor—le dijo.

Su esposo la miró.

—Hace tiempo que la perdoné Sophie y ahora me ha hecho usted tan feliz, deje de atormentarse con el pasado, yo he dejado de hacerlo. Era usted tan joven... Además, al parecer estaba destinada a mí...

—Es verdad, y usted me esperó tanto tiempo...

Él la besó despacio y ella gimió al sentir su lengua en su boca.

Oh, deseaba tanto hacerle el amor...

Y mientras regresaban a la mansión ella lo guio a su habitación y comenzó a desnudarse sonriéndole con picardía.

El notó su vientre crecido, su niño empezaba a tener forma, pero debía ser delicado.

Lentamente se acercó y besó su amado rincón y ella se dejó caer en la cama rendida a sus caricias.

El niño nació en otoño, antes de lo previsto.

Un hermoso varón a quien llamaron Alfred como su abuelo y que sería el heredero de Manfred en el futuro.

Sophie estaba exhausta pero feliz al tener en brazos a un robusto varón que lloraba de hambre y parecía algo incómodo con la nueva situación. Era hermoso y se parecía tanto a su esposo...

Thomas estaba feliz por el niño, pero algo preocupado por su esposa, la vio tan pálida y sufrió tanto para que el niño naciera...El médico dijo que era una dama muy fuerte y que podría traer una docena de niños sin problemas sin embargo él no quería que tuviera tantos niños... Temía perderla, sabía que algunas mujeres morían en el parto y al verla cuanto sufría un terror frío se apoderó de su alma.

Todas esas horas fue una tortura pensar que podía perderla. El niño luchaba por nacer, pero no podía hacerlo...

Hasta que de pronto asomó su cabeza y pudieron sacarlo, fue un milagro.

—Descansa mi amor, estás muy pálida, debes dormir ahora... Dame el niño por favor—le pidió.

Ella le entregó al pequeño Alfred que abría la boca hambrienta.

Lo llevó con la nodriza y regresó.

—Oh Thomas se parece tanto a ti nuestro hijo...—dijo.

Él sonrió y tomó su mano.

—Sufriste mucho mi amor, y yo no podía ni pensar que algo te ocurriera... Oh, Sophie, ¿estás bien?

—Sí, bien, muy feliz Thomas, ya pasó y quiero darte muchos niños.

—No Sophie, he cambiado de parecer, creo que sólo tendremos dos mi amor. Odiaría que te pasara algo...

Ella sonrió con picardía.

—Ya veremos luego, cuánto resiste usted sin engendrarme un hijo sir Thomas.

—Te amo Sophie, y me has hecho el hombre más feliz al darme un varón tan hermoso—dijo él emocionado y la besó fugazmente en sus labios.

Lady Sophie derramó lágrimas de emoción, había nacido el niño y era hermoso, se parecía tanto a su padre.

Manfred Place se llenó de parientes, todos querían conocer al recién nacido.

Thomas había cambiado, y pasaba mucho tiempo con su esposa y el niño y le molestaba recibir visitas inoportunas en esos momentos. Sus hermanas y cuñadas eran una verdadera plaga y sólo Sophie fue capaz de mantener la calma.

Muy pronto haría un año que se habían casado y se sentía tan feliz... Las sombras del pasado habían desparecido y Thomas la amaba, y ya no tenía dudas de su amor.

Luego de la cena de ese día los ojos la miraron con deseo y tomó su mano para llevarla a su habitación.

No pudo esperar para desnudarla y recorrer su cuerpo con besos y caricias y ella se rindió al deseo desesperado de esos encuentros ansiando sentir su calor y ese palpitar acelerado en su pecho. ¡Oh, cuánto añoraba ese ansiado reencuentro!

—Oh Thomas—gimió cuando su lengua devoró su pubis separando sus labios y llegando a ese lugar recóndito rodeado de pliegues.

No quería que se detuviera... Era una gata que gemía y lo invitaba a seguir más allá. Y esta vez fue ella quien se lanzó voraz para besar su sexo y atraparlo en su boca con desesperación.

Y luego se moría por sentir su formidable miembro en su sexo y ese roce enloquecedor.

Gimió y pensó que el mundo iba a terminarse y estalló en éxtasis y todo su cuerpo fue atrapado en el placer. Oh, era maravilloso.

—Oh Thomas te amo—le dijo y derramó lágrimas de felicidad.

Él se detuvo y la miró con intensidad y secó sus lágrimas.

Ella lo estrechó contra su pecho y él volvió a poseerla como un demonio haciendo que estallara nuevamente y su sexo atrapara al suyo en convulsiones.

Cuando el momento pasó se miraron en silencio.

—Sophie—dijo de pronto—No quiero dejarte encinta enseguida, quiero que esperemos... No podremos hacerlo tan a menudo, deberé adaptarme...

—Oh Thomas, ser madre es lo más natural del mundo y estoy dispuesta a darle la docena de niños que usted soñaba tener.

Él se puso muy serio.

—He cambiado de parecer al verla sufrir tanto ese día Sophie, podemos evitarlo, hay formas de hacerlo...

—¿Y usted las conoce? Oh, dios mío es usted increíble.

—No será sencillo llevarlas a la práctica me temo, pero lo intentaré.

Ella rio y lo abrazó. Había temido que muriera, era un hombre tan tierno... Pero el médico dijo que era sana y podría tener muchos niños y sin temor alguno lo abrazó y se subió sobre él lista para una nueva aventura esa noche.

Thomas le pareció osado hacerlo de nuevo, pero no pudo resistirse cuando sintió su ardiente lengua en su miembro erguido y listo para el combate y cuando montó a horcajadas y la penetración fue tan profunda que supo no podría detenerse como planeaba.

—Oh Sophie—suspiró y la obligó a bajarse y la acercó contra su pecho acariciando su cabeza.

—No temas, no ocurrirá tan pronto—dijo ella suspirando.

No le importaba, sólo quería disfrutar de su amor sin pensar en las consecuencias y sus encuentros volvieron a ser apasionados y frecuentes, y no hubo manera alguna de cuidarse, la amaba tanto...

Y dos meses después tuvo un retraso y supo que estaba nuevamente encinta.

Sophie temió que su esposo se preocupara y no tardaría en notarlo, pero prefirió no decírselo.

Y siguieron disfrutando las noches de amor y pasión hasta que tuvo un desvanecimiento y él se enteró de su retraso. Era tan pronto...

—No importa Thomas, todo saldrá bien—dijo ella.

Su madre quedó algo ruborizada al enterarse, el niño había nacido a los once meses exactos de su boda y ahora, sólo tenía dos meses y ¿estaba nuevamente encinta? Ese hombre debió ser más considerado...

Sin embargo, en esta ocasión no tuvo malestares y sus encuentros apasionados continuaron.

Él la amaba y la llenaba no sólo de caricias ardientes sino de un amor profundo e intenso, su único defecto eran los celos que nunca perdió a lo largo de su existencia.

Sophie tuvo un parto fácil del cual una preciosa niña a quien llamaron Charlotte como su abuela fallecida, y el nombre le iba muy bien porque su cabello era castaño y sus ojos de un azul intenso.

Cuando Thomas tuvo a la niña en brazos sonrió emocionado, nació tan rápido que no tuvo casi tiempo de angustiarse. Fue un parto fácil y el doctor lo felicitó diciendo que su esposa tendría muchos niños sin ningún contratiempo.

DIEZ AÑOS DESPUÉS LA nursery de Manfred contaba con ocho niños, tres varones y cinco mujercitas, todos de diferentes edades, mientras unos corrían otro gateaban y los más pequeños lloraban en sus cunas. Nodrizas, criadas, sir Thomas debió contratarlas en abundancia y Sophie comenzó a ayudar, los niños corrían a buscarla y sabía que esperaban su llegada con ansiedad.

Por primera vez no estaba encinta y pudo disfrutar de sus niños y besar y tenerlos en brazos a todos juntos, eran tantos que terminó en el piso.

Sir Thomas se acercó espantado al oír el griterío. Se sentía muy orgulloso de sus niños, pequeños bribones y también de su esposa por haber traído la luz y la paz a su alma atormentada. Era feliz, y la amaba y nunca dejó de hacerle el amor y disfrutar su compañía.

En algún momento riñeron y él se mostró celoso en alguna fiesta, en ocasiones Sophie se volvía testaruda y gracias a cierta charla con un doctor había comenzado a amantar a sus hijos, aún lo hacía, y no podía impedírselo. Al parecer servía para que no enfermaran y debía ser cierto pues los ocho crecían fuertes y saludables.

—Te amo Sophie—dijo y la atrajo contra su pecho.

—Oh, Thomas, me haces tan feliz... ¿No son hermosos nuestros niños? —preguntó.

—Lo son, se parecen mucho a ti preciosa... Y deberé encerrar a mis niñas en una torre cuando crezcan temo que me ocasionarán más de un dolor de cabeza.

—No lo harás, no serás tan anticuado Thomas.

Ella rio y lo arrastró a su habitación y cerró la puerta anhelando yacer desnuda entre sus brazos.

Una vez solos él le quitó el vestido y la desnudó rápidamente, pero esta vez no pudo detenerse a tiempo y su simiente escapó con rapidez a su interior y sus espasmos lo atraparon y llevaron a las profundidades.

Había estado evitando hacerlo y había dado resultado, pero ese día su ardor lo volvió loco.

—Oh Thomas... Fue maravilloso—susurró ella.

No quiso que se detuviera, disfrutaba del descontrol de la pasión y no le importaba tener más niños, adoraba a sus chiquillos.

—Mi amor, debí detenerme, perdóname.

—Oh, no lo lamentes por favor, me encantó que lo hicieras... No me importa si llegamos a la docena Thomas, sólo nos faltan cuatro.

—Tu madre se escandalizará querida, como mi pobre tía solterona...

Ella rio y acarició su miembro, ansiosa de despertarle.

—Eres un demonio, mi amor—dijo él.

—Usted era el demonio sir Thomas, pero yo logré exorcizarle con mi amor...

Él sonrió sabiendo que era verdad y la estrechó entre sus brazos sabiendo que nunca la dejaría ir.

Don't miss out!

Visit the website below and you can sign up to receive emails whenever Cathryn de Bourgh publishes a new book. There's no charge and no obligation.

https://books2read.com/r/B-A-DJN-YHCE

BOOKS2READ

Connecting independent readers to independent writers.

9 798224 702787